ニライカナイ ～走狗の初戀～

高岡ミズミ

幻冬舎ルチル文庫

CONTENTS ✦目次✦

ニライカナイ ～走狗の初戀～

✦カバーデザイン＝久保宏夏（omochi design）
✦ブックデザイン＝まるか工房

イラスト・笠井あゆみ✦

ニライカナイ　～走狗の初戀～

prologue

霊園の裏手にある鬱蒼《うっそう》とした林に足を踏み入れた途端、別の場所に迷い込んだのではないかという錯覚に囚われる。さっきまで聞こえていたはずの街の喧噪《けんそう》は途端に遠くなり、まるで見えない扉で遮断されたかのようだ。

放置され、伸び放題の木々がこの地に誰の手も入っていないことを物語っていた。

春先の冷たい夜気に頬《ほお》を撫《な》でられる頃には、誰しも物見遊山の気分などすっかり消えてしまっているのだ。

それもそのはず、街灯どころか月明かりすら届かない林は古くから神隠し、異形伝承、都市伝説の絶えない、禁足地と称される場所だった。

夜中の霊園などただでさえ気持ちのいいものではないというのに、その裏手にある禁足地となればなおさら背筋が寒くなる。

パキッ、と乾いた音がやけに大きく響いた。

「え」

声を上げたのは、禁足地に迷い込んできた三人の若者のうちのひとりだ。どうやら仲間内の度胸試しで霊園を訪れたらしいが、手に持った懐中電灯の明かりひとつではあまりに心《こころ》許《もと》ない。濃い闇のなかで人工光はいまにも呑《の》み込まれそうに細く、淡かった。

「なんだよ、急に声出すなよ。びっくりするだろ」

「だって、いまなんかラップ音みたいな」

「木の枝でも踏んだんだろ」

みなの声が度胸試しの場には不似合いなほど快活なのは、そのせいだろう。

ひとは不安になると自《おの》ずと多弁になる。暗闇での静寂は耐えがたいし、心のどこかで「怖い」「やめよう」「帰ろう」と自分以外の誰かに言ってほしいという期待もあるのかもしれない。

「うわ」

またしても声が上がると同時に、ひとりが体勢を崩した。

「今度はなんだよ」

勘弁してくれとでも言いたげな口調の問いに、危うく転びかけた彼が戸惑いを滲《にじ》ませつつ足元へ目を凝らした。

「なにかに躓《つまず》いた。そこ」

彼が示した場所へ、懐中電灯の明かりが向けられる。そこは彼の言ったとおり手のひらほどの石が地面から盛り上がっていて、それを見た他のふたりが、鈍くせえと笑った。

慌てたことが恥ずかしいのだろう。くそっと毒づくと、彼は石を足蹴にする。

「こんなところにあったら誰でも躓くだろ」

さらに何度か蹴りつつ同意を求めたのだが、他のふたりから返事はない。それもそのはず、すでにふたりの意識は彼からも石からも離れていた。

その理由に、当人も気づく。

「……なんだ、それ」

突然、降って湧いたかのようにそこに現れたのは、一メートル四方を高い柵で囲まれた一本の木だった。葉どころか枝すらない木は植えられたというより斜めに突き刺さっているふうにも見える。

「これって、しめ縄か？」

ぼそりと呟《つぶや》いた言葉に、もう一方の同行者が口を開いた。

「そういや、ネットで見たな。ここって、昔、鬼が封じられた場所らしい。その後も結界が必要なくらい、祟《たた》るって」

「単なる都市伝説だろ」

「かもな」

ふたりの会話を聞いていた彼は、そのときになって気づく。自分が踏んでいる石がひとつではなく、多数あって、目の前の木をぐるりと囲んでいる事実に。

直後、急激に寒気を感じて反射的に後退《あとずさ》りした。

「なあ、もう満足だろ？　帰らないか」

誰も言い出せなかった一言を、ようやく口にする。どうやらふたりも長居はしたくなかったらしい。

すぐに承諾され、三人で来た道を戻った。

帰りはみな話さなかった。軽い気持ちで度胸試しに来たものの、もはやそういう雰囲気ではなくなっていた。

なにかに追われているかのような焦りを覚え、みな自然に足早になる。霊園の入り口まで辿《たど》り着くと、ようやく安堵《あんど》の表情になったが、約束していた飲み会については誰も持ち出さず、結局そこで解散してそれぞれ帰宅の途についた。

度胸試しの若者が去ったあとは、静寂が戻ってくる。訪れる者のいない、もとの鬱蒼とした林に。

刹那、闇のなかの古木から一筋の黒い煙が上がった。

それを見ずに逃げ去ったのは、彼らには幸運だったかもしれない。ひとつひとつの石そのものが結界の術であったにもかかわらず、不浄のものを踏みしめてきた靴で足蹴にしたせいで歪《ゆが》みが生じてしまったと気づかずにすんだのだから。

煙は靄《もや》となり、少しずつ形を作っていく。

ゆっくり、時間をかけて。

朝日が少し早く昇っていれば、あるいはふたたび封じられたかもしれないが、ほんのわずか間に合わなかった。

靄は完全な人形《ひとがた》となり、直後、周囲に霧散する。

そして、しばらくすると何事もなかったかのごとく朝が訪れた。

昨日までとちがうのは、一羽の小鳥が古木で羽を休めたことだ。

日本じゅうでよくある話のなかのひとつにすぎないが。

ひとには向き不向きがあるというが、そのとおりだとつくづく思う。自分の場合は、できること、できないことと言ってもいいかもしれない。

たとえば今日のように友人との飲み会に参加しても二次会は難しいとか、女性にふたりきりで飲もうと誘われてもそれとなく断らなければならないとか。

もっともひとりだけウーロン茶で素面《しらふ》という時点で、相手の気も削がれるだろうが。

――青天目《なばため》くんの部屋ってお洒落《しゃれ》そう。行ってみた～い。

飲み会に参加していた女性のひとりにそう言われたのを隣で聞いていた友人が、おまえにアプローチしているんだと、にやにやしつつ耳打ちしてきたときも、

――いたって普通だし、お洒落もなにも家具家電は親が買ったものだから。

その後のやりとりですっかりその気は失せたようだった。

――あー……まあ、確かに、うちら二十歳《はたち》になったばかりだから多少は心配されるけど、もしかして青天目くんってマザ……過保護な親？

――じつは俺、二十三歳なんだ。親が過保護かどうかについては、そうなのかな。

――え。三つも年上？

――うん。そうなるね。

親が過保護という以上に、三歳年上という事実によほど衝撃を受けたのか、彼女はそれきり話しかけてこなくなった。

こういうことは過去に何度かあって慣れているので、自分はなんとも思わなかった。一方で、帰り際の友人の言葉には苦笑いした。

――黙っていればよかったのに。見た目は悪くないいんだから。

ようは角を立てるなと言いたかったらしい。

確かに、世の中には黙っていたほうがいいことがあるというのはいくつかの経験で学習済みだ。が、結局のところそれは嘘《うそ》であって、その場はうまくごまかせたとしても、多くの場合あとから気まずい思いをするはめになる。

――見た目を褒めてくれてありがとう。

そう返したところ、そこじゃねえよと言い残して友人は二次会へと向かったが、自分にしてみればその点こそが重要だった。

小柄で、ひょろりと痩せていて、常に周りから気を遣われる子どもだった自分が悪くない見た目の二十三歳になれた。

まさに奇跡だと言ってもいい。

相変わらず痩せてはいるものの、百七十五センチで、たまに若手俳優に似ていると褒められることもある。ネットでチェックしてみると、涼しげな目許が素敵と評される人気俳優だと知って悪い気はしなかった。

無論、それで調子にのるほど単純でも図々《ずうずう》しくもない。

青天目琳《りん》。男性。二十三歳。H大学教育学部二年生。都市伝説研究会所属。下戸。

それが、いまの自分だ。

二十一時半。

雑踏のなかを駅に向かって歩いていた琳は、ふと立ち止まって周囲を見渡す。学生らしきグループ、若いカップル、買い物帰りの女性、帰宅途中の会社員。夜の街を行き交うひとはみな愉《たの》しげで、活動的だ。千鳥足の中高年に至るまで生命力に満ちあふれ、見入ってしまいそうになる。

愉しげな会話、どこからか流れてくる音楽、そこに時折混じる車のクラクションの音。それらが一緒になって鼓膜から入り、ダイレクトに脳を刺激されると、自分がいま、ここにいると身体《からだ》で実感できた。

「すごいなあ」

思わずそう呟いたとき、後ろから誰かがどんと肩にぶつかってきた。舌打ちとともに邪魔、と捨て台詞《ぜりふ》めいた忠告を受けたので、慌てて歩道の隅に寄って謝ったけれど、すでにそのひとの背中は遠くなっていた。

「すみません」

それでも再度謝罪し、ついでに横道へ入る。駅までは多少遠回りになるものの、通行人が少ないぶん楽に辿り着けそうだ。

両親を説得し続けて一年、大学二年の冬からようやく念願の一人暮らしを始めて——早三ヶ月。

いまだ母親は心配して三日に一度は電話をかけてくるし、車で二十分ほどの距離を理由になにかと訪ねてこようとするが、一人暮らしのワンルームは、これで自分も人並みになれたと思わせてくれる。

亀でも努力すれば兎に追いつくことができるのだと。

三駅ほど電車に揺られ、徒歩で自宅を目指す。

駅ビルにビジネスホテル。飲食店やショップ等。駅周辺はそれなりに賑《にぎ》やかでも、十分も歩けば次第に目に入る景色が変わっていく。

わかりやすいのは、明るさだ。眩《まばゆ》い街灯とネオンサインのなかではぼやける星も月も、いまははっきりと見える。

アパートや一軒家の建ち並ぶ閑静な住宅街を、のんびり歩いた。

急ぐ理由はない。明日は土曜日だ。

大家が父の知り合いで、なにかと気にかけてくれるおかげでなに不自由のない生活を送れている。今日の飲み会で指摘されたとおり成人した息子《むすこ》に対していささか過保護すぎるとは思うが、実家を出ることを許してくれた両親の心情を考えると、不満などとても言えなかった。

夜も遅いし、と一度は神社の前を通り過ぎようとした琳だが、気が変わって鳥居をくぐる。

人けのない、真っ暗な神社は少し不気味で、自然に歩みが早くなる半面、そんな場所にひとりいる昂揚感《こうようかん》もあり、そういえば子どもの頃はよく夜中に冒険をする空想を抱いていたことを思い出して自然に頬が緩んだ。

ポケットから取り出した財布を開く。小銭は五円玉が二枚だけだ。それを賽銭箱《さいせんばこ》に入れてから、遠慮がちに二拍する。

「今日も平穏な一日でした。十円ぽっちで図々しいお願いかもしれないですが、明日もどうかよろしくです」

お参りをすませたあとは、顔を上げて夜空を仰《あお》いだ。

「いい夜だねえ」

都会の喧噪とは無縁の下町の空には星が瞬き、白い半月がやわらかな光を放っている。

両手で四角を作った琳は、そのなかに月をおさめる。昔、病室からよくそうして夜空を眺め、独り占めしたような気分になったものだ。

「……あれ？」

帰ろうとした、そのときだった。

動物の唸《うな》り声がどこからか聞こえてきた。耳を澄ましてみると、どうやらそれは社殿の奥のほうからだとわかった。

猫か犬でも喧嘩《けんか》しているのだろうか。だとしたら、傷ついているかもしれない。ペット不可のアパートなので飼うのは難しいとはいえ、知らん顔をするのも憚《はばか》られる。覗《のぞ》いてみるだけと自分を納得させて社《やしろ》を回り込み、そっと奥へ足を進めた。なにかが蹲《うずくま》っている。怖がらせないよう、そっと黒い影に歩み寄った琳は、直後息を呑んだ。

「…………」

それは犬でも猫でもなかった。

「大丈夫ですか」

動物ではなく、人間だ。

慌てて走り寄り、声をかける。こう暗くてはどの程度の怪我《けが》をしているのか確認するのは難しい。

幸いにも意識はあり、同年代だろう彼は力のない目で琳を見てきた。

「いま、救急車を呼ぶんで」

急いでポケットの携帯電話を手にする。が、阻んだのは当人だった。

「……やめ、ろ」

か細い声で止められたばかりか、腕を摑《つか》まれた。

「でも――」

なにか事情があるのだとしても、やはりこのままというわけにもいかない。

強引に呼んでしまうか。そう思いつつも、意識を失いそうになりながらも腕を摑んで放さない彼を前にして、強行するのが躊躇《ためら》われた。

「……吾《われ》……に、構うな」

「構うなって言われても」

きっとよほどのことなのだ。まさか犯罪者か。それとも借金でもしているのだろうか。もしくは悪の組織から追われていて……。

「妄想してる場合じゃない」

意識を失いかけている彼に両手を伸ばす。

脇を抱え上げようとした、次の瞬間。ぐにゃりとした感触を怪訝《けげん》に思ったのもつかの間、目の前の出来事に愕然《がくぜん》とする。声ひとつ出せず、呼吸すら忘れて、彼に見入ることしかできなくなった。

それも当然だろう。たったいままで、確かに青年だったはずの彼の顔や手足は溶けるように肉の塊となった。かと思うと、それはぼこぼこと出っ張ったり引っ込んだりしながら形状を象《かたど》っていき、丸みを帯びた生き物へと変化したのだ。

身に着けていた衣服のなかに溺れるように丸まっているそれを凝視していた琳が最初に発した言葉は、

「すごい」

の一言だった。

これほど「すごい」ことがあるだろうか。子どもの頃の空想を遙かに超えた現実が、目の前で起こったのだ。

「もしかして、こっちが本当の姿？」

犬のように見えるが、衣服が邪魔で判然としない。シャツの裾《すそ》を抓《つま》み、ちらりと捲《まく》ろうとしたものの、寝込みを襲うような心地に駆られてすぐに手を退《ひ》いた。

「……気の毒だが、見られた以上、生かしては……」

一方で彼は、切れ切れに物騒な台詞を口にする。立ち上がるのも困難なほどだというのに、なお気を吐く様はけなげですらある。

確かに本人にしてみれば重大な秘密だと思う半面、琳自身はそれを共有した事実に昂揚を覚えていた。

彼がもがくのをやめる。

「大丈夫？」

声をかけても反応がない。どうやら意識を失ったらしく、頰のあたりを突いてみても返答はなかった。

「大変だ」

救急車を——呼ぶわけにはいかなくなった。かといって動物病院に連れていっていいのかもわからない。

とりあえず自宅へ連れて帰り、一晩様子を見るしかなさそうだ。そう判断するや否や、遠慮がちに衣服ごと彼を抱え上げた。

「結構、重いんだね」

自分が非力だというのはさておき、大きさのわりにずしりと重みがある。両腕がぷるぷると震えそうになるのをなんとか耐え、神社をあとにし、自宅を目指した。

腕の限界がくるたびに横抱きにしたり縦抱きにしたりと動かしたにもかかわらず、彼は目を覚まさなかったのだからよほど疲弊しているのだろう。

ぬくもりを感じるとなんともいえず可愛《かわい》く思え、どれだけ重くても苦にはならなかった。

なんとか帰り着くと、ベッドに横たえる。暗くてはもし怪我をしていても手当すらできないので、迷いつつも電気をつけたが、それでも彼は身動きひとつせず目を閉じたままだ。

「……生きてる、よな」

鼻先に手を持っていく。ちゃんと呼吸を感じてほっとした琳は、明るい場所であらためて彼を観察した。

大きさは五十センチあるかないか。全体的に無毛——いや、うっすら茶褐色の体毛が生えている——で斑《まだら》模様。なににも似ていないが、しいて言えば犬、神社にある狛犬《こまいぬ》か。

狛犬の化身とか？

他人からすれば滑稽で、頭がおかしいんじゃないかと思われるような荒唐無稽な話であっても、自分にとってはちがう。子どもの頃、夜空を見つめながらした数々の空想は寂しさをまぎらわし、励ましてもくれた。

異世界に妖獣、火を噴くドラゴン、弱虫なヒーロー。

空を飛んだり、突然現れた怪物を友だちと一緒にやっつけたり。

入退院をくり返して、他の子たちのように自由に外を駆け回ることができなかったぶん、空想のなかくらいは自由でいたかった。

そのうち現実と空想がごちゃごちゃになり、大人《おとな》に笑われたこともあったが、それらは自分にとっては思い出にも等しい。

ふと、額の切れ込みに気づいた。いや、切れ込みというよりこれは——目か！　と心中で驚きの声を上げる。

ただの犬ではないというのは人形から変化したことでも明らかだが、狛犬の化身でもなさそうだ。

四つの目を持つ、何者ともちがう生き物。

どこか既視感を覚えつつ、ほう、と吐息をこぼした。

いったいどこから迷い込んだのか。それを考えると、今夜、あの場所で出会ったことが幸運に思えてくる。

他の誰でもなく自分であってよかったと。

「ごめんね。怪我を見るだけだからね」

そう断り、身体に纏《まと》わりついている衣服をそっと剝《は》ぎ取った。後ろめたさを感じるのは、やはり了承を得ていないせいだろう。

申し訳なさから薄目で確認しようとしたが、そうもいかなくなった。

これは……なんだ。ほとんどは古い傷痕とはいえ、身体じゅう傷だらけだ。

どうしてこれほどの怪我を負うはめになったのか。普通では有り得ない。

「誰が、こんなこと」

あまりにひどい状況に眉根《まゆね》が寄る。果たして一晩様子を見てもいいものかと、意識のない彼を見て不安にも駆られた。

ふたたび迷い始めた琳の耳に、小さな声が届いた。

彼の口許に耳を近づけてみたところ、どうやらくり返し呟いているのは謝罪のようだ。

「申し……ありま……すみま……せ」

こんな状態にもかかわらず、なぜ謝るのだろう。いったい誰に対して？

事情は知らないが、身体じゅう傷だらけになるほどの目に遭っておきながら、謝罪する姿を前にして胸が痛くなった。

「謝らないで。きみは、頑張ったんだから」

滑らかな頬に指先で触れ、撫でる。ベッドを提供することくらいしかいまはできないけれど、こうして出会ったのもなにかの縁、あるいはなにかの導きだ。

なぜなら、無意識にせよ彼のほうから指に頬を擦《こす》りつけてきたのだから。

「大丈夫。大丈夫だよ」

上掛けを傷ついた身体にかけ、何度もそう声をかけていると、やがて安心したかのように彼の譫言《うわごと》がやんだ。代わりに、すーすーと寝息を立て始めたことに安堵した琳は、飽くことなく寝顔を見続けていた。

夢ならどうか覚めないでほしい、と心中で唱えながら。

「どこかで会ったような気がするって言ったら、笑う？」

それは琳にとって特別な時間だった。


「――兄者《あにじゃ》」

己の発した声に驚き、飛び起きる。だが、待っていたのはそれ以上の衝撃だった。

「ここは……いったい」

白い天井に壁。狭い空間にみっちりと置かれた簞笥《たんす》や食台、書棚。

上掛けの下、一糸纏わぬ姿で寝台に横になっていた事実に戸惑いを覚えつつ、昨夜なにがあったのかと頭を巡らせようとした、のだが。

突如扉の向こうから現れた男にはっとし、瞬時に身構える。体勢を低くすると同時に唸り声を上げ、歯を剝《む》いて威嚇《いかく》した吾に男は満面に笑みを浮かべた。

「よかった。目が覚めたんだね。身体は平気？　つらくない？」

さらには甘言を口にし、歩み寄ってこようとする。

「それ以上、近づくなっ」

低く怒鳴っても同じだった。一応その場で立ち止まって両手を上げたが、笑顔はそのままだ。

「痛いとか苦しいとかあったら言って」

こちらが敵愾心《てきがいしん》をあらわにしているにもかかわらず、危機感も警戒心もまるで示さない。いったいなにが目的だと、本心から案じているようにも見える若者を品定めする。

背丈はざっと五尺八寸ほどか。まさに現世のそこここで目にする若者同様ひょろりと細い体軀《たいく》で、手足が長い。

切れ長の涼しげな目許は優しげに見え、やや長めに刈られた髪形と相俟《あいま》って、おそらく老若男女の好感度は高いだろうと思われる。

「貴……様、何者だ」

そんな若者が吾になんの用があるというのだ。不信感もあらわに問うと、いかにも人好きのしそうな面差しがぱっと輝いた。

「貴様って、なんだか古風な言い方だよね。俺は青天目琳。ごく平凡な大学生、H大の二年生です。きみは？」

どこか愉しそうにも見える姿に、いっそう警戒心を強くする。そもそもなぜ見ず知らずの男の部屋にいるのか、そこから疑問が生じた。

「……貴様に名乗る、名はない」

質問に答えたあと、こちらから問う。

「昨夜、なにがあった」

場合によってはただではすまされない。多少荒っぽいやり方になっても対処する必要がある。心中でそう呟いてから、青天目琳と名乗った若者の返答を待つ。

若者はすぐには答えず、小首を傾《かし》げた。

「わ、吾は……」

もしかして伝わらなかったのか。その可能性に気づき、急激に羞恥心が込み上げる。己の口下手《くちべた》と陰気さで他者を閉口させたのは一度や二度ではなかった。

「吾は、昨夜の出来事を」

ぼそぼそと言いかけ、口ごもる。こんな調子では答えを得るどころか、まともな会話にもならない。逃げ出したい衝動に駆られた、そのとき若者がようやく口を開いた。

「もしかして、昨夜のことまったく憶《おぼ》えてないの？」

そう前置きをしたあと、口許に笑みを湛《たた》えたまま話し始めた。

「昨日は俺、サークルの飲み会だったんだ。初めて会う女性も数人いたから合コンみたいなものだったんだろうけど。あ、合コンってわかる？　――まあ、そのへんはどうでもいいか。飲み会の帰り道、いつもみたいに神社にお参りに寄ったんだ。今日もありがとうございます、明日もよろしくお願いしますって。特に信心深いわけじゃなくても、近くを通ると、やっぱり寄るよね」

いまだ話は核心に到達しないが、愉しげな様子の若者を怪訝に思いつつ凝視する。他人の存在に違和感を抱くどころか、親しみさえ窺《うかが》えるのはどうしてなのか。

なおも若者の口上は続く。

「で、本題。お参りして帰ろうとしたら、奥の方から声が聞こえたんだ。行ってみたらきみが倒れてて、俺の目の前で意識を失っちゃったからびっくりした。病院に連れていくわけにはいかないし――でも、助かった。あのままだったらたぶん家まで運べなかったと思うんだよね。俺、見た目どおり非力だし。幸いにもきみがこれくらいになってくれたから俺でも抱っこできたんだ」

若者の両手で作られた輪を、無言でじっと見つめる。なにが言いたいのか、理解しかねて視線で問い返してすぐ、予想だにしていなかった返答があった。

「俺が思うに、体力が回復したおかげでいま人形になってるんじゃない？　きみの真の姿はあっちで、こっちは仮というか」

人形？　真の姿？

「……まさか」

愚かにもようやく若者がなにを言わんとしているか気づき、一瞬にして冷静さを失う。想定外の事態に眩暈《めまい》がし、足元がふらついた。

最悪の事態だ。変化の瞬間を、あの姿を、若者に見られてしまったらしい。

「そう。丸っこい、これくらいの——狛犬みたいな？」

ざっと全身が総毛立った。

とんでもない失態を犯してしまった。現世の者に正体を知られるなど、あってはならないことだ。

「気の毒だが、貴様の口を封じなければならん」

宣告する間にも手足が冷えていく。

たとえなんの罪もない若者だとしても、知られた以上他に手立てはなかった。勝手な真似《まね》をすれば自身も罰を受けるだろうが、背に腹は代えられない。たとえお叱りを受けようとも、この場を乗り切らなければ――。

唇《くちびる》を引き結んでベッドから下り、できるだけ苦しませずにすむ方法を考える。おそらく抵抗されるだろうし、これほどの失態は初めてなのでいくら考えてもなにも思いつかなかった。

「やっぱりあっちが本当なんだ。すごいなあ。現実にこういうことってあるんだなあ」

しかし、こちらの気も知らず目の前の若者は怯《おび》えるどころか、終始にこにことして、嬉《うれ》しそうにすら見える。逃げるどころか、自ら距離を縮めてくると、好奇心もあらわに顔を覗き込んできた。

「もっといろいろ聞かせてもらってもいい？　きみは何者？　どこから来て、なにがあってあそこに倒れてたの？　あと、子どもの頃に一度会ったような気がするんだけど、憶えはない？」

立場を自覚していないのか、のんきな様子で矢継ぎ早に問うてきた若者に面食らいつつ、最後の質問にだけ答える。

「姿を、見られるなどと、そんな失態吾が犯すはずがない」

これまでは……と口にすることすら恐ろしく、ぶるりと震えた。

真の姿を見られる、本来それはその者がすでに亡くなっていることを意味する。彷徨《さまよ》える亡者を正しく冥府《めいふ》へと招くのが吾ら兄弟に課せられた任であり、任そのものが存在価値だと言ってもよかった。

なんといっても閻羅王《えんらおう》直々の任なのだ。

誇り高き冥府の王、閻羅王。

常に公正、公平であるがゆえに冷酷、非情と恐れられる一方、誰よりも慈悲深い方だと冥府の者であれば知らない者はいない。

冥府に君臨する絶対的な王であると同時に、畏怖、畏敬の対象でもある。

「へえ、そうなんだ。じゃあでも、人間のなかじゃ俺が初めてってことか」

照れくさそうな表情で鼻の頭を掻《か》く姿には、拍子抜けした。果たして彼は、こちらの意図を理解しているのだろうか。

ここははっきり命を奪うと言うべきか。そう思った矢先、若者は気まずそうな表情で視線を横にそらした。

「あのさ、さすがに目の毒なんだけど」

「目の毒？」

人差し指を向けられ、反射的に自身へ目を落とす。人間の肢体が視界に入ってきた。

現世に溶け込むため、肢体は標準的に創られている。二十代後半の一般的な男だ。顔貌《かおかたち》も同じく、どこにでもいる凡庸な造作と言われている。

「なにがだ」

ちらちらと流される視線に、半ば無意識のうちに前髪を手で押さえて目許を隠す。うっとうしいと兄者に口酸っぱく注意されても切らずにいる前髪は、もうすぐ鼻の頭に届くほどになっていた。

「だってほら、裸だし」

「裸」

そういえばそうだった。人間はみな衣服を身に着けているし、吾自身現世にいる間は着衣にて任をこなす。いや、衣服に関してはこちらとあちら、此岸《しがん》も彼岸も関係ない。冥府においても閻羅王を始め五部衆《ごぶしゅう》はもとより冥官《めいかん》に至るまで立派な召《め》し物を纏っている。獄卒《ごくそつ》どもですら、なんらかの布を身に着けているのだ。

反して、吾はどうだ。器ばかり模倣してみたところで、指摘されるまで肌《はだ》をさらすことになんの躊躇《ちゅうちょ》もなかった。

「………」

かっと首の後ろが熱を持つ。

やはり獣と言われたような気がして、裸そのものより平然としていた事実が恥ずかしくなり、そこにあった上掛けを摑んで身体を隠す。

「よければ、そこの部屋着でもどうぞ」

若者が示したのは、多数の白い羊が描かれた水色の部屋着だった。

「これを……吾に着ろというのか」

「厭《いや》じゃなければ」

衣服に限らず、時代の変遷とともにあらゆるものが変わっていく。街並み、装飾、食事。それにより人々の生活のみならず、思考や常識、文化までもが少なからず影響を受ける。

そのため、異国風の衣服もすんなり受け入れた。

ただ、若者に勧められたものを身に着けるのは抵抗がある。なぜなら、現世において与えられるどの衣服とも様相が異なるためだ。

色にしても素材にしても、無駄に首元に垂れさがっている布にしても。

「いつもは、こちらの世での世話役が用意してくれる」

「いまはそのひといないし、いつまでも裸でいるわけにはいかないでしょ？」

若者の言うことはもっともだ。礼儀として裸でいるわけにはいかない。悩んだすえ、戸惑いつつも部屋着を上下とも着用する。

ふわふわとした肌触りには面食らったものの、意外にも着心地はよかった。

「やっぱり水色似合うね。フードも、すごく可愛い」

「…………」

永遠とも言える長い年月、閻羅王の指示により冥府とこの世を行き来してきたぶん現代にもうまく合わせているつもりだ。少なくとも目立つような真似をした憶えはない。

だが、目の前の若者に関しては理解しかねる。

言動にしても表情にしても。

いまもなぜ不要な笑顔を向けてくるのかわからず、不審に思う。いや、そもそも理解する必要はない。

「とにかくだ。気の毒だが、知られた以上は」

「生かしておけないいんだっけ」

「……そうだ」

身を低くして、攻撃態勢をとった。若者に向かって飛んだ——はずだったが、無駄にもっさりしている洋袴《ズボン》の裾を踏んでしまい、ごろりと床に転がってしまう。

「危ない！」

すぐさま手を差し伸べてきた若者は心配そうな顔になると、首を左右に振った。

「だから、急に動いちゃ駄目だって。まだ万全じゃないいんだから。自分も傷だらけなのに、お兄さんを向こうへ帰すために力使っちゃったんでしょう？　しばらくは安静にしなきゃ」

「…………」

両手をとり、め、と叱られるが、もはやそんなことはどうでもいい。自身の命を奪われようかというときに変わらず安穏とした態度なのも、いまは二の次だった。

もっと大変な問題がある。

「どっ、どうして……それを」

「それって、お兄さんのこと？」

無言で頷《うなず》くと、若者は笑みを深くした。

「昨夜、きみが話してくれた。うなされてたから、慰めるつもりで声をかけていたんだけど、きみが答えてくれるからついいろいろ聞き出してしまって」

俄《にわか》には信じがたい。問われるままに答えたというのか。

「う……嘘だ」

「うん。ほんと、ごめん」

両手を合わせて謝られたところでなんの救いにもならない。果たしてどこまで話してしまったのか、それを考えると血の気が引いていった。

「……他、には？」

恐る恐る確認した吾に、若者はすまなそうに肩をすくめた。

「お兄さんのこと以外だと、主様《ぬしさま》に申し訳ないって何度も」

姿を見られたばかりか、兄者、さらには閻羅王の存在まで口にするなど言語道断。早急に閻羅王に報告した後、相応の罰を受けなければならない。

が、その前に。

「そこまで、知られたからには、やはり……」

「それ、三回目」

さも面白そうに、若者が吹き出した。

「でも、いまはまだ無理そうだから、もう少し元気になってからでもいいんじゃない？　俺は逃げないし、傍にいて見張ってればいいよね」

「――――」

毒気を抜かれるというのは、こういうことかもしれない。この若者には他者の警戒心を削ぐなんらかの力が備わっているのだろうか。

そもそもあの姿を見て、よく自宅へ連れ帰る気になったものだ。普通であれば、化物《ばけもの》を見たと恐れ、騒いでもいいはずなのに。

己の形貌が他者にどう思われるか、吾自身が誰より熟知している。

「それよりさ、一応消化にいいものってことでお粥《かゆ》を作ってみたんだ。食べるでしょ？　腹が減っては戦はできぬ、だもんな？」

「…………」

粥、か。

そういえば、過去に一度だけ粥を食べたことがある。二百年、いや、それとももっと前になるか。すでに記憶はあやふやだ。

どういう経緯からそうなったのか忘れてしまったが、とある農村で白粥を口にした。後にも先にも固形物を食らったのはあのときの一度きりだった。

人間とはちがい、食物を摂る必要はない。冥府ではもとより現世であっても、少しの水さえあれば通常どおりの任はこなせる。

幸いにも水は豊富だ。

閻羅王や五部衆、一部の冥官が飲食をするのは愉しみのためであり、親交をあたためる目的もあると聞く。

となると、愉しみも親交をあたためる相手も皆無な吾にとって飲食は、これまでもこれからもなんの利もないということになる。

「お待たせ」

いったん部屋を出ていった若者が盆を手に戻ってくる。

「卵のお粥だよ。おいしくできてればいいんだけど」

盆の上には小さな土鍋と碗《わん》、匙《さじ》、湯呑み。

寝台の傍の小さな台の上に盆を置いた若者は、もったいぶった仕種《しぐさ》で土鍋の蓋をとると、こちらを窺ってきた。

「うまくできたと思うんだけど。見た目はそこそこだよね？」

質問のようだが、これについての返答は持たない。なぜなら若者の言う「卵のお粥」を知らないからだ。

黙ったままでいると、

「ほら、いい匂い」

粥をよそった碗をこちらに差し出してくる。じっと碗に盛られた粥を見ていたところ、若者が残念そうに肩を落とした。

「卵粥、嫌いだった？」

「……そういう、わけではない」

食したことがないだけ、ともごもごと言い訳をする。好き嫌いの問題ではなく、不必要という意味だったそれをどう勘違いしたのか、若者は半ば強引に碗を押しつけてきた。

「なら食べてみて！　まずかったら残していいし！」

「………………」

結構、と突っぱねるつもりで口を開く。しかし、あまりに熱心に勧めてくるせいで機会を逸してしまい、つい碗を受け取った。

「さあ」

期待に満ちた目で見つめられては辞退するわけにはいかなくなり、渋々匙で卵粥をすくう。口へ運ぶ前に、いったんその手を止めると背中を向けた。

他者の視線が苦手だ。鼻の近くまで前髪で覆っているのもそのせいで、邪気の宿っていない純な瞳ならなおさらだった。

若者の目は、まるで童《わらわ》のようだと思う。それだけに無遠慮でもある。

「恥ずかしがりやさん？」

若者の言葉は無視して、匙を動かし卵粥を口中へ放り込む。味覚を感じない舌には糊《のり》のごとき塊に感じられ、前歯で二、三度咀嚼《そしゃく》したあとすぐに嚥下《えんか》した。

「食べた？」

若者が背後から問うてくる。

「あ、ああ」

「どうだった？　食べられそう？」

食べられるかどうかであれば、食べられないことはない。口に運び、呑み込むことは可能だ。

「食べなくても戦はできる」

腹が減っては戦ができぬ、と先刻の若者の言葉に対する返答には、すかさず駄目だってと窘《たしな》められた。

「そんなこと言ってるから、倒れるんだよ。ちゃんと栄養つけて元気になって、お兄さんのもとへ帰るんでしょ？」

いったい吾はなにをやっているのか。

過去には失敗もあったが、どれも任のさなかだった。そもそも現世の人間と接する機会はなく、仮にあったとしてもみな幻覚、もしくは化物に遭遇したと怯えるだけだ。

それなのに、人間の自宅に連れ帰られたあげく、厄介になっている。

怪我のせいで意識を失ったせいだとしても、己が信じられなかった。

今回の任もいつもと同様、現世に遺恨があり彷徨っている亡者を冥府へ導くことだった。

しかし、直前で問題が起きた。

亡者が複数体だというのは事前に把握していたにもかかわらず、吾らで対処できると亡者の怨嗟《えんさ》の強さを見誤ってしまったのだ。

亡者が生者を脅かすことはままあることだとしても、死に至らせるまでとなるとそれはすでに怨霊だ。

通常ならば、手に負えないと判断すれば荒事に携わる者を呼ぶ。五部衆のひとり鉈弦《じゃげん》を駆り出すほどではなかったとはいえ、今回の場合も荒事専門の同輩に代わるべき事案だった。

しかし、ほんの数瞬、決断が遅かった。そのせいで兄者は大怪我を負うはめになり、吾は兄者を冥府へ戻すだけに精一杯で――結果、こうなってしまった。

「吾が、力を取り戻すと、困るのは貴様だぞ」

否。現状に関しては言い訳にすぎない。自身がもっと強靭《きょうじん》であったなら、いま頃は兄者のあとを追って冥府に戻っていたはずだ。

「そうかもしれないけど、元気になってほしいのは本当だから」

「…………」

目の前の若者は、変わった男ではあるものの悪人ではないとわかる。口封じはこちらの都合、できれば避けたい。やはり一刻も早く戻り、閻羅王の指示を仰ぐべきだろう。

「ところでさ」

若者が身を屈《かが》め、ぐいとこちらを覗き込んできた。

「ち……かい」

ふいと顔を背ける。

構わず、若者はそのままの位置で問うてきた。

「名前は？　そろそろ教えてくれないかな。こうして知り合ったのもなにかの縁だし」

「――――」

ここで「縁」などと出てくるところもおかしい。縁という言葉は本来よい意味、引き合う関係に使うものだ。

「名前、教えて」

重ねての要求に、名か、と心中で呟く。

名はあったはずだが、必要としなくなって久しい。閻羅王は兄者と吾をひとつの名で呼び、いつしかそれが通名となった。

無闇に口にできないほど誇らしい名だ。

「忘れた」

一言返すと、若者は目を瞬かせた。しばし思案のそぶりを見せたあと、

「じゃあ、俺がつけていい？」

突飛な提案をしてくる。しかもやたらと嬉しそうだ。

「……断る」

「なんで！」

「そうする意味がない」

「意味ならある。名前なかったら不便じゃん。それに名前呼びたいし、俺の名前も呼んでほしいし」

なぜむきになるのか、理解に苦しむ。

絆《きずな》のない者が上っ面の名を口にしたところでそれは単なる符号、印だ。

「吾は、すぐに出ていく」

不要な理由ならこれで十分だろう。そう言っても、若者は執拗《しつよう》に食い下がってくる。

「そんな寂しいこと言わないで。ここにいる間だけでもいいからさ」

お願いと両手を合わせるその姿を前にして、適当に流せばいいものをと思う半面、腹立たしさが込み上げた。

この世の者は総じて危機感が薄い。常に死と隣り合わせだとも気づかず、気づこうともせずただ漫然と日々を送っている。唯一の例外といえば戦下にあったときだが、基本的に人間

は安穏とした生き方を望み、すぐに順応する。

それは市井に暮らす人々の根っこが、一部の例外を除いて善意でできているからだろう。目の前に死があると悟ったときにはもはや手遅れだ。

「なにがいいかなあ」

若者が悩む様子を横目に、碗の中身を空けるためにぬるくなった卵粥を飲み下す。完食するまで数分を要したが、

「ウメ」

突如、若者がぱんと両手を合わせた。

「ウメにしよう。きみが倒れていたところ、傍に梅の木があったんだ。可愛くて、甘い匂いがして、イメージにぴったり」

微《かす》かに頬を赤らめる若者に、やはり黙したまま聞き流した。返答のしようがなかった。

若者は気にした様子もなく、ウメと何度かくり返す。

「俺のことは琳って呼んで」

「…………」

「短い間だっていうなら、それくらいよくない？」

この若者など、根っこどころか善意の塊だ。自身の命が奪われるかもしれないというのに、元気になれと言う。

果たして命の火が消える瞬間も同じ態度でいられるかどうか。いっそ試してみたくなる。弱った身であっても、安気な若者ひとり殺《あや》めるのは造作もない。

不穏な考えが頭をよぎる。

「………」

しかめっ面で碗を置くと、ため息をこぼした。

この若者に助けられたのは事実だ。もしあの場所で気を失って朝を迎えていたならどうなっていたか。

衆人環視にさらされる可能性も大いにあった。

だとするとこの場はいったん退き、冥府に帰る力をとり戻すまでの間、若者が他言しないよう見張るというのが現実的だろう。

「……承知した」

不承不承言い分を受け入れる。

「やった。じゃあ、さっそく俺の名前呼んで」

耳に手をやって待つ彼に顔をしかめつつも、しばらくの辛抱だとその名を口にした。

「……琳」

途端に若者——琳が瞳を輝かせる。

「ありがとう！　ウメ。今日からよろしく」

さらには両手をしかと握り、礼まで言ってきたせいで面食らってしまった。

礼を言われる理由はない。誰も言わない。最後に「ありがとう」という言葉を聞いたのは、忘れるほど前であるのは確かだ。

「貴様……琳は、不快ではないのか」

「不快って、なにが？」

琳が不思議そうな顔をしたせいで、いまさらなんの確認だと気まずさを覚える。なにしろ己でも直視できないほど醜い姿だ。

「それは、吾の姿が……」

口ごもり、前髪を指で押さえる。

「ウメ」

琳がふいに腰《こし》を屈め、寝台に腰掛けた吾と同じ目線になったせいで、びくりと肩が跳ねた。前髪のおかげで目が合うことはなくとも、他者の視線は居心地が悪い。

「不快って、ウメはなんでそんなふうに思うの」

前髪に琳の手が触れてくる。

反射的にその手を振り払うと、パシッと室内に乾いた音が大きく響いた。

「あ、ごめん」

笑顔を引っ込め、謝罪を口にした琳はやり場に困ったかのように手を宙で握る。結局、自身の頭へ持っていくと、乱暴なやり方でわしゃわしゃと髪を乱した。

その様に、こちらまで苦い気持ちになる。

「顔をよく見たいって思ったんだけど、いきなりすぎたね。びっくりさせちゃってごめん」

琳の言葉に唇に歯を立てる。顔を見たいなんて……こんな顔をさらすなど、想像しただけでぞっとする。

「もしかしてウメは、ひとの姿になってもあれがあるから隠してるんだ？」

抑えきれない好奇心を琳の双眸《そうぼう》に感じ取ったが、それは勘違いではなかったようだ。

「あれってやっぱり邪眼的な？　なにか出るとか、見られた者は石に変わるとか——もしかして未来が見えたりする？」

「…………」

どういう思考回路をしていたらこういう発想になるのかまったく理解できない一方、見たくて仕方がないというのはひしひしと伝わってくる。

「あれ」と曖昧な言い方をするのが気遣いであったとしても、己にとっては触れられたくなかった恥部であるのは確かで、浮かれた様子の琳に反して次第に不愉快になっていった。

「なにも、出ない。未来も……見えない」

そっけなく返す。そういう特殊な能力があればまだ自身の姿形を厭《いと》わずにすんだはずだと自嘲しながら。

いっそ誉れに思えたかもしれない。現実は、普段たいして役にも立たない目がそこについているだけだ。

きっと琳は失望しただろう。勝手に期待するほうが悪い。

「そっか。じゃあ、ウメがいいよって思ったとき、いつか見せて」

だが、琳はなおも突拍子もないことを言ってきた。

「……なぜ見せる必要がある」

これまで同様笑顔で。

「いざ目《ま》の当たりにすれば、気味が悪いと言うに決まっている」

実際、何度かあった。同情されたり、眉をひそめられたり、ときには気味悪がられたりもした。

平凡な人間である琳であれば狼狽《うろた》えて当然だ。

「気味が悪い？　どうして。そんなこと言っちゃ駄目だよ」

それなのに、琳の反応はどれともちがう。その目もまっすぐだ。

「……見え透いた嘘を」

有り得ないと思いつつも、頬が熱くなるのはそのせいだ。

どうにも居た堪れなくなり、首から垂れている布を頭から被《かぶ》る。なぜか琳まで頬を赤らめた。

「わ、なんなの。ここでフード被るなんて反則。なんでそんな勘違いしちゃったかな。嘘なんて言うの、ウメだけだって」

なおもそんな戯言《たわごと》を口にする琳に頬の熱はすぐに引き、俯《うつむ》く。勘違いをしているのは琳のほうだ。

「……誰もが、陰で嗤《わら》っている」

嗤われるのには慣れた。嫌悪され、忌避されるのと同じだ。

——あいつ、なんで閻羅王様に仕えられるんだ。おまえ、見たことあるか？　あのナリで、四つ足でのそのそ歩くんだぞ。滑稽を通り越して同情すら覚えるね。みっともなくて、俺なら部屋にこもって誰とも会わねえな。

獄卒《ごくそつ》どもは噂《うわさ》好きだ。責め苦を与える以外に愉しみがないせいで、日々なんらかの噂話に興じている。それが真実であろうと虚偽であろうと奴らには関係ない。

獄卒どもにとって、自分たちより醜い側近など格好の餌食だ。

——まあでも、自分らがまだマシだって確認するにはいいじゃねえか。あいつ、醜いうえに陰気で、見てるだけで厭になる。

もっともこれに関しては真実だ。

餓鬼《がき》や邪淫鬼《じゃいんき》等がたむろしている地獄にあっても、噂の的になるほど醜い姿形であるのは己が誰より自覚している。

対であるはずの兄者とは似ても似つかない。兄者は自信に満ちあふれ、闊達《かったつ》で、常に堂々と振る舞っている。万が一にも後ろ指を指されるようなことでもあれば、たちまち卓越した弁でもって言い負かすに決まっている。

——外見を揶揄《やゆ》するような奴らを相手にしなくていい。あんなの、閻羅王に仕えている僕らに嫉妬してるだけなんだ。

兄者の言うとおりだ。そう思うのに、他者とまともに顔を合わせられない己自身がなにより恥ずかしかった。

「そんなの、見る目がないだけだって。他の奴がなんと言おうとウメは可愛い。俺、ウメみたいに可愛い子と会ったことない」

兄者以外で可愛いと言ってくれる者がいるなど、どうして信じられるだろう。

鼻息も荒く断言した琳に、落ち着かなくなる。胸の奥がざわざわして掻き毟《むし》りたくなるような、妙な感覚だ。

「……琳は、おかしい」

ふいとそっぽを向いた。

「ほら、そういうところも」

だが、妙な感覚はいっこうにおさまらず、胸を掻き毟る代わりに前髪を手で押さえた。

「……善人であるのはわかったが、吾に媚《こび》を売ったところでなんの得にもならないぞ」

忠告のつもりでそう返す。

「善人？　俺が？」

予想に反して琳は吹き出した。

これまでとは打って変わって自虐めいた笑みを口許に引っかけ、善人、と再度口にする。

「初めて言われた。むしろ俺、自分の欲望に忠実なタイプだと思う」

床にあぐらをかくと、その証明だとでも言いたいのか、軽々しい仕種で肩をすくめてみせた。その表情は、どことなく達観しているようだ。

「じゃなきゃ、可愛いからって自宅にウメを連れ帰ったりしないでしょ。いくら弱ってるからって当人の了承を得てなかったら、単に誘拐だしね。弱ってたからだとしても、言い訳にならないよ」

「それは……吾はひとではないし」

琳の言い分はもっともだった。冥府の住人としてはそのほうがよほど合点《がてん》がいく。まっすぐぶつかってくるのも、欲望に忠実だからと言われればそのとおりかもしれない。

「いまも、無理やり引き留めてるし？」

「…………」

ああ、そうか。人間らしいのか。

琳は自身の欲を認め、恥とも思わず人間らしさを謳歌《おうか》している。だからこそ潔いまでにまっすぐなのだ。

「がっかりした?」

上目遣いで覗き込んでくるのは、どうしてなのか。自身がそれでよしとしているのであれば、他者の、まして吾などの意向は関係ないだろうに。

「しない。そもそもなにか期待しているわけではない」

しかも、突き放したつもりの一言に安堵の表情を見せる。理解しがたい。まごうことなく言葉は重要だが、誰にとっても等しい重みを持つわけではないのだ。

関係が希薄であるほど、泡同然に軽くなる。

琳と吾は希薄どころか、無に等しい。

「よかった」

もとの琳に戻り、ふにゃりとした笑顔を見せる。

「じゃあ、ウメが元気を取り戻すまでってことで、あらためてよろしく」

ふたたび握った手を上下に揺すられ、しっくりとしないまま前髪越しに琳を見た。此岸で誰かの顔を正面から目にするのは初めてのことだった。

琳の笑顔はやわらかで親しみがこもっている。そこに他意は微塵《みじん》も感じられない。

なぜなのか。

躊躇せず獣の姿を受け入れ、恐れるどころか甲斐甲斐《かいがい》しく世話を焼こうとする琳の真意はどこにあるのだろうか。

いくら考えても徒労に終わる。答えを知っているのは琳だけだ。

「それでいいよね」

念押しされ、目を伏せてから迷いつつ首を縦に振った。

わからないのは吾こそだ。

果たしてこの判断で正しいのかどうかと迷いがあるにもかかわらず、もっともらしい理由を脳内で並べてしまう。いまの状態で出ていくよりは安全とか、琳にどこまで知られてしまったのか確認すべきだとか、しばらくの辛抱だとか、本来であれば他に優先すべきことがあるはずなのに。

「あ、病み上がりで、疲れたよな。横になって。俺は課題やっつけるから、なにか欲しいものとかあったら遠慮なく言って」

名残惜《なごりお》しげに手を解いた琳が、部屋の隅にある高脚の文机《ふづくえ》を指差し、床から腰を上げる。

盆を手にして扉へと向けた足を一度止め、こちらを振り返った。

「お粥、食べてくれてありがとう」

その一言で琳は部屋を出ていく。まもなく水の流れる音がし始めたかと思うと、そこに琳の声も混じりだした。

軽快な歌を口遊《くちずさ》んでいる。初めて耳にする歌声は存外心地よく、そのままずるずると体勢を崩すと、寝台に横になった。

「……ウメ、か」

これまであの神社に何度も足を運んでおきながら、古井戸の傍に梅の木があったことすら知らなかった。

愛らしい梅の花は到底己にふさわしいとは思えないし、そもそも名前は不要であるため馴《な》染《じ》めそうになかったものの、唇にのせた途端になんとも形容しがたい心地になった。先刻の胸を掻き毟りたい衝動とは反し、いまのこれは——くすぐったさだ。

落ち着かないのはどちらも同じだが。

その後も琳の歌に耳を傾けながら、どこか梅を連想させる甘い香りのする衣服の匂いに包まれて、知らず識《し》らず目を閉じていた。


予定どおりに進めることの難しさを、早くも痛感する。

琳の寝台で一晩過ごした翌朝、予想だにしなかった来客を迎えることになったのだ。

「粗茶ですが」

断り切れないまま白飯と豆腐の味噌汁を向かい合って食したあげく、ぐずぐずと食後の茶をすっていたのが悪かったのか。いや、人間に世話になった、そこから間違いだったのだろう。

ただならぬ気配を感じとっているらしく、のんきな琳もどことなく緊張している様子だが、それも無理からぬことで、篁《たかむら》はただの来客ではなかった。

黒い背広に黒いネクタイ。現世で言うところの喪服は、ここ百年ほど篁にとって官服であると同時に戦闘服でもあると聞く。

小野《おのの》篁。

ただひとり、自由に此岸と彼岸を行き来することを許された、閻羅王直属の冥官だ。見かけも中身も人間に見える篁が何者であるのか、じつのところよく知らない。一方でつき合いだけは長く、獣の姿でこちらへ来る吾らが変化した際の衣服や住居、任についての情報まで、現世に滞在する間なにかと世話になることが多かった。

今日の篁は、閻羅王の名代で来たようだ。

何用であるか、無論了知しているので、身の縮む思いで端座する。

卓袱台《ちゃぶだい》を挟んで向き合った篁が琳の淹《い》れた茶を飲む様を前にして、果たしてどんなお叱りを受けるか、耐えられずにこちらから口火を切った。

「この、若者のおかげで回復したので、今夜にでも戻ることができそうです」

琳に罪はない。単なる善意の若者だと暗に強調したつもりだ。確かに生かしてはおけぬと言ったし、場合によってはそうせざるを得ないとわかっていても、できれば最悪の事態は避けたかった。

無用な殺生、という以前に琳がよい若者だからだ。

まだ琳は若く、まっとうな人間だというのは少し話せば察せられた。なにより魂に澱《よど》みがない。他者を妬《ねた》まず、驕《おご》らず、心根がまっすぐだ。

若者としては欲がなさすぎるくらいに。

「おおよそのことは把握しています。大変でしたね。あなたのおかげでお兄さんは無事戻られて、現在療養中です」

兄者の無事を知り、胸を撫で下ろす。冥府に戻れたのなら、兄者は早晩回復し、復帰することができるだろう。

「そ、それで、あの任は――」

「そちらも滞りなく」

吾らが果たせなかった任も完遂されたようだ。安堵が顔に出てしまったのか、湯呑みを卓袱台に置いた篁がひたと見据えてきた。

「くれぐれも無理をしないようにと閻羅王からの言伝《ことづて》です。今回は幸運にも負傷ですみましたが、取り返しのつかないことになった可能性も大いにありましたから」

「……はい」

ぐうの音も出ない。

一瞬の判断の遅れが深刻な事態を招くと重々承知していたにもかかわらず、長年任に携わるうちに知らず識らず慢心が芽生えたのだろう。今度の件では厭というほどそれを思い知った。己の力の過信、任への慣れが招いた結果だ。

「吾のせいです。兄者は退こうと申したのですが、吾が強行してしまい……いかなる罰も、受ける所存です」

卓袱台から外れ、床に両手をつく。

「顔を上げてください」

篁はそう言うと、眼鏡《めがね》のフレームをくいと指で押し上げた。

「お兄さんは、自分のせいであなたは悪くないと仰《おっしゃ》っていましたよ」

「え……それはきっと、吾を庇《かば》って……」

ぐっと言葉に詰まる。兄として弟を庇うのは当たり前と、常日頃からそう言っていた兄者を思い出して唇に歯を立てた。

物理的な距離はあっても、やはり吾らは二体でひとつだ。

公私にわたりともに過ごしているとはいえ、離れるのはこれが初めてではない。稀《まれ》とはいえ別々の任についたこともある。

そして、そういうときこそ兄者の頼もしさを実感する。

「そうかもしれませんし、そうじゃないのかもしれませんね。双子《ふたご》であるあなたたちの絆は強いでしょうから」

責任の所在を追及せずに曖昧な言い方をするのは、篁なりの気遣いだとわかっている。そして、それを許しているのは閻羅王だ。

「……双子なんだ」

部屋の隅っこで盆を胸に抱えて立っていた琳が、ぼそりと呟いた。篁がそちらへ視線を流すと、待ってましたとばかりに一歩前に踏み出す。

「ウメは今回ちょっと無理をしたかもしれませんけど、いつも頑張っているんでしょう？お咎《とが》めなんて、ないですよね」

遠慮がちながら、そう言い放った琳にぎょっとし慌てて制する。この場にいる篁に異議申し立てをするなど、閻羅王に意見するも同然だった。

篁が黙しているせいか、琳はなおも無礼を重ねる。

「失敗なくして成長なしって言いません？　部下のミスの一回や二回や三回、広い心で見守ってほしいです」

「り、琳っ」

首を突っ込むなと言外に責めた。

一応口を閉じた琳が、反省していないのは表情を見れば明らかだ。

「無知な、若者の言うことですので」

機嫌を損ねてしまったかと不安になり、篁を窺う。

篁はいつもどおりの無表情を貫いていて、察するのは難しい。

「ウメ、ですか。昨日の今日で、ずいぶん親しくなったんですね」

しかし、この一言で十分だった。篁の皮肉にひやりとしたのは吾だけで、のんきにも琳は照れくさそうに鼻の頭を掻いた。

「あの者は……関係ありません」

琳との経緯を正直に話すつもりだったのに、そんな言葉が口をつく。

「関係ないことはない、です」

どういうつもりなのか、即座に当人が台無しにした。こちらの戸惑いなどまるで無視して、昨夜吾に向けてきたのと同じ、まっすぐな双眸を今日は篁に向ける。

「だってそうでしょ。劇的な出会いをしたんだから、これもなにかの縁だって思うよ。縁は大事にしないと、ですよね」

前半は吾へ、後半は篁への言葉だろう。琳らしい言い方だ。しかし、それが通用するほど篁は甘くはない。

「縁、ですか」

篁は、顎《あご》に手をやり思案のそぶりを見せた。すぐに離すと、気を揉《も》んでいる吾ではなく、琳を傍へ呼んだ。

「青天目琳くん」

指示に従った琳が目を丸くする。

「え……俺の名前」

「もちろん存じ上げてますよ。こちらを見通せる便利な鏡がありますから。きみは、倒れていたうちの子を介抱してくれた好青年」

「いやあ、それほどでも」

頬を赤らめた琳に、篁はらしくない微笑で応じる。

「なかなかできることではありません」

不必要なまでの愛想のよさだ。外面とは裏腹に、おそらく苛立《いらだ》っているにちがいない。と、その予想はどうやら当たっていたようで、篁が卓袱台を指で弾《はじ》いた。

「でも、賢くはないようです」

物腰はやわらかであっても、篁の機嫌の悪さは慇懃《いんぎん》な物言いで伝わってくる。ただでさえ多くの任を抱えて大変であるのに、面倒事が舞い込んだのだから当然と言えば当然だ。

「まあ、確かに否定はできないです。俺はごく平凡な人間なので」

対して琳は、終始この調子だ。多少畏《かしこ》まってはいるものの、篁相手にも怯《ひる》まずこれまでの調子で接している。

吾に対しても、篁に対しても同じだ。

「平凡な人間であれば、得体の知れない彼を恐れこそすれ、連れ帰ったりしないと思いますが」

「え。怪我をしてるのに、見捨てておけないでしょう？　それに、恐れるなんて。ウメは可愛いし——あ、可愛くなかったら見捨てるって意味じゃないですから」

さもそうするのが当たり前で、篁の認識のほうが間違いだとでも言わんばかりの口上には居ても立ってもいられなくなり、たまらず口を挟んだ。

「こ、この者は、好事家であるようです」

「好事家なので！」

こぶしを握ってそこだけ鸚鵡返《おうむがえ》しした琳が、すぐに不満げな顔をする。

「いやいや、ウメ。好事家って言い方はないでしょ」

首を横に振った琳を、黙っていろと視線で窘める。不本意そうな様子ながら琳の口を封じることに成功して、ほっとしたのもつかの間。

「では、体力が回復し次第、このまま次のお仕事にかかってください」

思いがけない言葉を篁から聞くことになった。

「……え」

このまま次の？

怪訝に思い、篁を窺う。

篁は、「得体の知れない彼を恐れこそすれ、連れ帰ったりしない」と琳に忠告したばかりだというのに、この後、信じがたい一言を言い放った。

「言葉のとおりです。お兄さんはまだ万全とは言えないので、あなたはこの場所を拠点に次の仕事をしてください、と申し上げています」

「そんな……っ」

覚えず腰を浮かせて身を乗り出してしまったのは致し方ないだろう。篁がこういうときに戯れを口にする性分ではないとわかっていても、それだけ衝撃的で、耳を疑うような話だったのだ。

「……閻羅王様は、なんと」

半信半疑での問いに、篁は真顔で顎を引いた。

「閻羅王の指示です。こちらで単身動かなければならないあなたを案じてのことでしょう」

「それは……やはり吾ひとりでは頼りないと……」

「そうではないと思いますが――我が身を犠牲にしてお兄さんを帰すことを優先する方だから、というのはあるかもしれません」

「し、しかし……」

篁にというならまだわかる。ごく普通の人間である琳を巻き込むなど、それを閻羅王が命じるなど俄には信じがたい。

「青天目くんには正体を知られてしまっていますし、近くにいたほうがいろいろ都合がいいのでは？」

昨夜、吾が考えた「もっともらしい理由」を見透かされている、と思うと顔から火が出る心地だった。

それとは別に、おそらく知ってしまった琳を管理下に置く目的もあるのだろう。閻羅王は無意味な命令をするようなお方ではない。

「閻羅王にはなにかお考えがあるのでしょう。ああ、もちろん無理強いはできませんので、青天目くんが了承してくれたら、なのですが」

篁が琳に目線を投げかける。

「どうでしょう。数日、彼が身体を休める場所としてこの部屋を使わせていただくというのは」

いっそ辞退してくれたほうがいい、などと戸惑ううちに琳は二つ返事で受けてしまう。

「篁さん、でしたよね。数日と言わず、俺のほうはもう何日でも大丈夫です！　ウメのことは、どうか安心して俺に任せてください！」

いや、少しも意外ではない。琳が快諾することはわかっていた。

「ありがとうございます。では、私はこれで失礼しますが、彼——ウメさんのことをよろしくお願いします」

書状と、いつもの斜めがけ鞄を卓袱台の上に置いた篁は、用は終わったとばかりに暇《いとま》を申し出る。ここにきて、篁が不満そうな理由にやっと気がついた。

琳の件には、けっして篁も手放しで賛同しているわけではないようだ。つまりは篁も閻羅王の命だから不承不承受けたにすぎないのだ。

「そのルームウエア、似合ってますよ」

帰り際の厭みにそれが表れていた。

篁が去ったあと、すべては己の招いた結果だと思うとよけいに落ち込まずにはいられなかった。

吾が腑甲斐《ふがい》ないせいで、琳を巻き込むはめになった。現世の者に厄介になったのが間違いで、昨夜のうちに、たとえ這《は》ってでも出ていくべきだったのだ。

「ほら、あのひとも似合ってるって」

ぽん、と肩に手が置かれる。

琳のにこやかな笑顔を前にして、こちらの気も知らず、とその手を振り払った。

「あれは……なにをのんきにしているんだという叱責であって……それより、なぜ断らなかった」

あまりのことに頭を抱えたくなる。

琳は笑顔を崩さない。

「ウメって慎重な性格だよね。先のことなんて誰にもわからないし、せっかく一緒にいていいって許可が下りたんだから、その間は愉しもうよ」

「そ……」

そんな気楽なことをと言い返そうとしたが、途中でやめる。いちいち説明したところで琳が受け流すのは目に見えていたし、なにより兄者の話を思い出したためだ。

――おまえはなんでそう後ろ向きなのかねえ。あまり悪いことばかりを想定していると、いいことまで逃げていくよ。

よくそう言ってからかわれた。

双子であっても、兄者と吾ではなにもかも異なる。性格、考え方、物事への取り組み方、すべてが正反対だと言ってもいい。

無論見た目もそうだ。同じ背格好、目鼻立ちであっても、内面というのはどうしても表に出る。兄者は堂々として、いつも輝いて見える。本当に双子かと、いったい何度嗤われたことか。

まさに陰と陽。

ふたつに分かれたときに、そう決められたのだろう。

「大丈夫だからさ」

琳が親指を立てた。

「俺とウメ、きっと相性抜群だと思う。俺がちょー楽観的なぶん、慎重なウメと足して二で割ったらきっとちょうどいいよ」

「………」

笑顔で断言されても、なにも言えなかった。会ったばかりで吾のなにを知っている、と突っぱねてやればいいと思うのに、そうするのは躊躇われた。

「琳にとっては、災難だ」

飄々《ひょうひょう》として、本人の言ったとおり楽観的で、のんきで、笑顔を絶やさない。兄者と似ているようでちがう。琳はまるで現世に吹く春風のごとく、摑みどころがない。

「じゃあ、あらためてよろしく」

差し出された右手を、戸惑いつつとる。任をまっとうするため幾度となく此岸と彼岸を行き来してきたが、此岸に生きる者とこれほど深く関わるのは初めてだと、この期に及んで己に呆れながら。

「吾は、任をこなすのみ」

解いた手を卓袱台の上の書状へやった。そこには任に関することがしたためられていて、一通り目を通して戻したところ、琳があからさまにそわそわとし始めた。

どうやら書状の中身が気になっているようだ。

軽く頷くと、ぱっと目を輝かせて書状を手にとるが早いか、やや緊張した面持ちでそれを開く。

「え」

直後、目を白黒させて書状をひらひらと振った。

「なにも書いてない」

「そうだな」

厳密にはなにも書かれていないわけではなく、琳には――他の誰にも読めないのだ。閻羅王の書状を読むことが許されるのは、受取人のみ。他の者が見ても単なる白い紙で、早い話、持参した篁ですら読めないものだった。

「なあ、ウメ。これ、なにか書かれてるんだ？」

多少誇らしさもあって「無論だ」と返す。実際、閻羅王の指示のもとで働けることはなによりの誉れだ。

「吾の任について」

興味をなくすだろうと思えば、どうやらそうではなかったらしい。

「任って、どんな？」

そういえば琳は変わり者だったことを思い出し、よけいなことを言ってしまったと慌てて口を閉じるが、すでに手遅れで、期待に満ちた顔をしてこちらへにじり寄ってきた。

「任って、どんな?」

同じ質問をくり返されて、すっくと立ち上がる。

「何人も襲われている。もとよりひとの仕業ではない」

「襲……」

暗に無駄話をしている暇はないと言うと、琳の顔色が瞬時に変わった。琳を怖がらせるのが目的だったので、成功したことに満足してさっそく部屋を出ようとしたのだが。

唐突に頭にぶらさがった布——確かフードと言ったか——それを摑まれてしまい仰け反ることになる。振り返って睨《にら》むと、琳は困った顔をした。

「可愛いんだけど、その格好で外に出るのはちょっと、まずいかな」

琳の指摘に、はっとして自身を見下ろす。

言われてみれば、確かにこの格好ではあまりに締まりがない。なによりも俊敏な動きには不適当だった。

「篁殿《どの》に衣《ころも》の手配を頼むのを忘れていた」

篁のことだから、おかしな部屋着姿を見て故意に知らん顔をしたとも考えられる。

慌てた吾に反して、琳は相変わらずの笑顔だ。任せてと自身の胸へ手をやると、簞笥の抽《ひき》斗《だし》から琳のものだろう衣服を取り出した。

こちらは、釦《ボタン》がなく頭から被る仕様になっていて、いつも篁が用意してくれる衣服と比べるとずいぶん軽装だ。

「パンツは、俺のサイズじゃウメには難しいかもしれないから……これなら平気かな」

そう言って渡されたのは、胴回りが伸び縮みするものだった。裾も絞ってあるおかげでうっかり踏まずにすむ。確かにこれであれば、少なくともいま着ている羊の部屋着よりは動けそうだ。

「ていうか、まだ昼間だけど」

現世の人間らしい疑問を聞き流す。

亡者はひとのように眠ったり起きたりするわけではない。常にそこにいるのに、昼間は現れないという生者の思い込みが、見えなくさせているだけだ。

着替えをすませたあと、さっそく命じられた任を果たすために出かけることにする。前回のような過ちは二度と犯さないよう、療養中の兄者のぶんまで吾ひとりで緊張感をもって挑まなければならない。

外へ出てすぐ、指示された場所を目指してまずは駅へ向かう。斜めがけ鞄の中にはスマートフォンという金属板が入っていて、これひとつあれば遠くにいても連絡がとれるし、乗り物にも乗れるし買い物もできるという優れものだ。

本来であれば、移動するのに乗り物は必要ない。いくつか地点を決めて飛べば、二十里や三十里、それほど時間を要さず進める。

獣の姿で、肉体が万全であるなら、だ。

現状で強行すれば、一部の人間の目に留まる危険がある。となれば、選択の余地はなかった。

幸い目的地は近い。

着替えをすませて琳の自宅をあとにし、足早に駅を目指す。

行き交う大勢の人々に、鉄の車。

現世の移り変わりは早く、それゆえめまぐるしい変化に戸惑うことも多かった。

特にここ二、三十年の変遷には目を瞠《みは》るものがあり、街を歩く際にも驚きにりっかり気をとられてしまうほどだ。

背の高い建物の間を縫うように歩く人の手には、スマホ。よほど大事なのか、みながそれを手から離さない。

歩いているときも、他者と言葉を交わすときも、食事をするときですら台の上にそれを置いているのだ。

便利になったと篁ですら受け入れているので、よいことなのだろう。

冥府にも、現世ほどではないとはいえ変化はある。昨今は現世のよい部分を積極的に取り入れようとする動きまで出てきた。

もっともそれは一部の上層部の間のみで、相変わらず冥府は退屈だとこぼす者のほうが圧倒的に多い。

使い狗《いぬ》の身としては、公正公平な閻羅王のもと一定の秩序が保たれている冥府に満足しているし、今後もずっとそうあってほしいと願ってもいた。

ああ、でも、この色とりどりの景色はいいな。

心中で呟くと、視線を上へと向ける。

空の青。雲の白。木々の緑。地上の極彩色。春先のやわらかな陽光がそれらに注ぎ、ひとつに包み込んでいる様には心が凪《な》ぐ。

吾もそのなかの一員になったよう、とまではいかなくとも、閻羅王が口にされた「溶け込む」という言葉を体感できる瞬間だ。

それだけに、この世に固執する亡者を冥府へ導く任は重い。

吾はうまくできているだろうか、みなはどう思っているだろうか。閻羅王を失望させていないだろうか。

「…………」

ため息をこぼすと、あと少しで駅に着くという頃になって立ち止まった。

「それで、隠れているつもりか」

背後に向かってそう言葉を投げかける。すると電柱の後ろにいた琳が頭を掻きながら姿を現した。

「気づいてたんだ」

当然だ。気づかれないと思うほうがどうかしている。

そりゃそっか、と琳がまた頭を掻く。その後すぐに肩を並べてきたので、よもやと思い、釘《くぎ》を刺した。

「……ついてくるつもりでは、ないだろうな」

任と言ったはずだ、と言外に窘める。

琳の返答は、その「よもや」だった。

「だって、心配だし。また倒れたら大変だろ?」

痛いところを突かれて、ぐっと喉《のど》が鳴る。とはいえ、部外者を重要な任に帯同していいかどうかについては思案するまでもなかった。

「……遊びに行くわけでは、ないのだ」

一方で、もうひとつの、琳を見張るという目的について考える。まさか閻羅王は琳が任に同行すると予想して、留《とど》まるよう指示したのではないかと。

亡者に触れれば人間はただではすまない。霊障によりなんらかの不具合が心身に起きるばかりか、命を落とす場合もある。

「わかってる。でも、万全じゃないのに、ウメ、襲われたらどうするの。心配でじっとしていられないって」

「――――」

人間の身で琳が吾を心配？

確かに吾は未熟ではあるものの、それは冥府の者と比較してであって、現世の人間など我々からすれば泥人形も同然だ。

しかも、いまなにを考えていたのか知れば、とても案じる気になどならないだろう。

返答せずに歩き始める。今度は隠れもせず堂々と後ろをついてくる琳は、たまたま同じ方向に用事があるだけだからと見え透いた空言まで口にする。

「日常的に法螺《ほら》をふいていると、亡くなったあと悔やむはめになるぞ。おまえはまだ若いせいで、死を実感できないかもしれんが」

忠告のつもりはなく、ごく一般的な話をしたにすぎなかった。が、琳はなんとも表現しがたい笑い方をした。

「実感はしているよ。子どもの頃は身体が弱かったし」

相槌《あいづち》を打つ隙もなく言葉は続く。

「それと、用事があるのも本当。今日である必要はないけど、ついでだから本屋に行こうと思ってたんだ」

「書物か。書物を読むのはいいことだ」

冥府にも充実した書庫がある。なかには此岸の書物もあり、一時期は暇さえあれば通っていた。

琳は足を速め、肩を並べた。

「ウメは、どんな本が好き?」

琳が多弁で変わり者、そして好奇心旺盛だと知るのは短い間で十分だった。どうでもいいことまで興味深そうに問うてくる。

困るのは、まっすぐな目で答えを強要してくるところだ。

琳と出会ってまだ一日もたっていないというのに、これまでの数十年分、いや、数百年分の会話をしたような気がする。もともと口下手で内向的な性分であるため、他者と話す機会自体稀と言ってよかった。

「好きかどうかはよくわからぬが、こちらの本であれば……龍になった母親の話を読んだ」

ここに兄者がいたなら、雑談に興じる姿を見てきっと驚くにちがいない。

「ああ、龍の子太郎《たつのこたろう》?」

すぐさま返ってきた言葉に、書物の表装を思い出す。空を泳ぐ龍に跨《また》がった童子《どうじ》の絵が描かれていた。

「龍以外にも雪おんなとか鬼とか、天狗《てんぐ》まで出てくるんだよね。欲をかいたら駄目とか、みんなのために働くとか、急がば回れとか教訓がたっぷりつまってるっていうけど、ちょっと不思議な話じゃない?」

「……任だ」

ぼそりと呟くと、話の内容を脳裏でよみがえらせていく。

「あれは太郎の、任だったのだと思う。みなに与えられた任を果たすために、おそらく乗り越えなければならない壁があったのだ」

「あー、なるほど。鬼とか雪おんなとかは任のための助走だったたってわけか。確かに、段階踏んだほうが心構えも変わるしな」

合点がいったとばかりに頷く姿は、勉学に励む童を思わせる。心根の素直さゆえだ。

「他にはどんな本読んだ？」

駅まで歩き、電車に揺られて目的地に到着するまで他愛のない話をした。他者との雑話など初めてのことで、いったいなにをやっているのかと不思議な感覚になった。

同時に「無駄だからお喋《しゃべ》りは愉しいんだって」という兄者の言葉を思い出したが、愉しいかどうかについては判然としない。そもそも愉しいとか悲しいとか、じつにあやふやな主観だろう。

「書物を買うのでは？」

電車を降りたあとも琳は何食わぬ顔で同行する。

「本屋？　行くよ。でも、あと少しだけ」

「どうせ駄目だと言っても、あとをつけてくるつもりであろう」

ため息交じりでそう言うと、はは、と琳が笑う。屈託のない笑い方を前にすると、この若者は多少世の悪意を学んだほうがいいのではないかという気にすらなってくる。

現世はよいことばかりではない。だからこそ死後も妄執に囚われ、しまいには悪霊が生まれる。

無言で歩いているうちに事件現場である公園に到着した。ここで一昨日の深夜、飲み会帰りの会社員が襲われたという。彼は軽傷ですんだけれど、その前に襲われた女性ふたりのうちひとりは右尺骨《みぎしゃっこつ》を骨折、もうひとりは複数の裂傷を負った。

表向きは通り魔による傷害事件とされているが、実際は、ちがう。吾がここに派遣されたのは、この世に未練のある亡者の仕業だからにほかならない。

数本の銀杏《いちょう》の木、ベンチ、右手の奥に公衆便所。遊具のない公園は人々の通り道になっていた。

そして、現場に来てわかったのは、陰の気が溜《た》まりやすい場所だということだった。

黒い影に襲われたと主張する会社員の証言は酔っ払いの戯言とされたようだが、それこそが真実だ。

「どう?」

きょろきょろと周囲に視線を巡らせながら、琳が小声で問うてくる。

「…………」

「いや、だからさ」

落ち着かないのか、しきりに衣服の裾を引っ張ってくる琳は、

「いる？」

なんとも呆《あき》れた質問を投げかけてきた。

なにしろ琳の表情からは、昂揚、緊張、わずかとはいえ期待も垣間見える。不安は――皆無だ。

「亡者のことなら、いまはいない」

瘴気《しょうき》は残っている。薄く、不安定ではあっても、このぶんなら瘴気を辿るのはそう難しくはなさそうだ。

「そっか」

琳は、あからさまに拍子抜けした様子を見せる。

「亡者ってアクティブなんだね」

「あ……くて、ぶ？」

聞きなれない言葉を鸚鵡返しにすると、活動的と説明された。どの程度を指して「活動的」と言ったのか知らないが、特定の地に執着している、もしくは縛られている場合を除いて、亡者が一カ所に留まることのほうがめずらしい。

「吾は足取りを辿る。琳は、書店へ行くといい」

彼らはひとについて移動し、その間に悪さをする。この世に留まる理由はたいがい我欲なので、それをひたすら満たそうとするためだ。

「ウメは亡者を追うんだよね。ついてっちゃ駄目？」

「過ぎた好奇心は、身を滅ぼす」

琳の反応は同じだ。にこにこと笑い、どこまでも楽観的で安穏としている。

それを悪いとは言わないし、むしろ羨ましいと思う部分もあるものの先々苦労する日がくるだろう。

吾には関係ないが。

「俺のこと、心配してくれてありがとう。ウメは優しいね」

的外れな礼まで言われて、なんと応えればいいというのだ。無言で公園を出て、駅への道を戻る。

「ウメ、歩くの早い」

忠告したにもかかわらず今度も当然のように後ろを追いかけてくる琳に、端から同行を断るべきだったと後悔し始めた。

少し痛い目をみればいいと考えたのは事実だ。しかし、琳には危機感はもとより恐怖心すら欠如している。

琳を振り切るためにいっそう急いで次の場所である空き地へ行き、そこからさらに移動して病院の裏手に回ると、小高い丘へひとり向かった。

病院は死に満ちている。亡者が引き寄せられるのは当然と言える。

「ここにいたか」

彷徨える亡者は、丘の中腹に差し掛かったあたりで膝《ひざ》を抱えて座っていた。

近づいても、びくりとも動かない。ひとを襲う亡者は私怨の塊で、どす黒く淀《よど》んでいるものだが、この個体はおとなしいものだ。どうやら自身の死を認められずに混乱していただけらしい。

進むべき道を示したところしばらくは渋っていたが、歯向かってくることはせずに最後は安堵すら見せて素直に従った。

「吾が、心より菩提《ぼだい》を弔う」

黙禱《もくとう》で亡者を見送る。

任を完遂して肩の力を抜いた吾の耳に、手を叩《たた》く音が聞こえてきた。

琳だ。置き去りにしたはずで、てっきりあきらめたのだとばかり思っていたのに――。

「ウメはすごいね。いろいろなひとを救ってきたんだって、よくわかった」

本気でそう思っているのだろう。琳は、自身の思いを言葉はもとより表情や態度でも惜しみなく表そうとする。

吾のような者に対してですらそうだ。

「すごくはないし、救っているわけでもない。それが吾の任というだけだ」

うまく任を果たせたことにほっとしたのは事実だった。

このぶんだとすぐにでも冥府に戻れるだろう。冥府に戻ったあかつきにはまず閻羅王のもとへ向かい、報告をし、すぐに兄者を見舞わなければ。

そんなことを考えていると、自然に足取りも軽くなった。

「ちょっとだけ、休憩しない？　ほら、そこに自販機ある」

休憩を断った一方、任をこなした安堵感もあって少しばかり歩みを緩める。ひとりで任をこなした話をしたなら、きっと「よくやった」と喜んでくれるはずだと兄者の喜ぶ顔を想像しながら。

早く兄者に会いたい。そうと気づかないうちにまた歩く速度が上がる。

駅が目の前になったとき、ふと、やけに背後が静かになっていることに気づく。さっきから一言も話しかけられていない。肩越しに振り返って確認してみると、すぐ後ろにいるとばかり思っていた琳の姿はそこになかった。

「……琳？」

また急ぎ過ぎたか。

仕方なく後戻りする。

だいぶ戻ったところで地面に膝をついている琳を見つけた。落とし物か。怪訝に思ううちにも琳は立ち上がるどころかいっそう体勢を崩し、地面に蹲ってしまった。

「琳」

異変を察知し、慌てて琳に駆け寄る。

「どうしたのだ」

肩に手をやったところ、小刻みな震えが手のひらに伝わってきた。

「ご……めん」

謝罪を口にするその顔は驚くほど青白い。額には玉の汗が浮き、明らかに普通の状態ではなかった。

「ちょっと、休んだら……大丈夫だから」

「しかし、ひどくつらそうだ」

「ほんとに、大丈夫なんだ」

ありがとう、とこんなときでも礼を言ってくる琳だが、蹲った姿勢のまま動こうとしない。胸に手を添え、浅い呼吸をくり返している。

「瘴気に当てられたか」

いや、その可能性は低い。十分な距離があったうえ、すでに亡者は邪念を捨て、冥府へ向かっていた。

「ごめん。少し、休ませて」

「わかった」

路肩に連れていき、縁石の上に座らせる。じっと見つめて様子を窺っていると、少しずつ呼吸が落ち着き始めた。

「情けないよな」

しばらくして、弱々しい声でそうこぼした琳が自虐的な笑みを浮かべた。

「よりにもよって、ウメにこんなの見られるなんて、格好わる。普段は、ぜんぜん平気なんだよ。嘘じゃない」

その一言で、はたと気づく。

子どもの頃は身体が弱かったというあの言葉。あれは、おそらく子どもの頃に限った話ではなかったのだ。

「なぜ黙っていた」

先刻の亡者は迷い子同然で、力自体は弱い。接触しない限り影響を受けることなどまずないが、亡者よりさらに弱っている者であれば別だ。

「吾の、せいで」

なにがなんでも拒絶するべきだった。曖昧な態度をとってしまったばかりに、危うくまた大きな過ちを犯すところだった。

「なに、言ってるの」

琳が笑みを見せる。

「ウメは悪くない。悪いのは、調子にのった俺だし……第一、そんな大げさなことじゃないから。もう平気」

琳の言葉を真に受けるわけにはいかない。多少呼吸は落ち着いてきたとはいえ、相変わらず顔色は紙のごとく白かった。

「話しかけられても突っぱねるべきであった」

そうではない。自らの意思で琳の話に耳を傾けたのだ。吾に話しかけてくるような酔狂な人間は琳ひとりなので、雑談に応じてしまった。

「ウメにそんな顔をされたら、俺、ますます自分が情けなくなる」

「……琳」

言葉どおり消沈して見える琳に、言い淀む。黙したまま立ち尽くしていると、また琳が笑った。

「心配してくれたのは、嬉しい」

こういうとき、なにが最善なのかわからない。どんな言葉をかけるべきなのか。どう対処すればいいのか。そのせいで琳が無理をしているのは明らかだった。

「……吾はなにをすればいいか、言ってくれ」

「ありがと。さっきタクシー呼んだから大丈夫」

手際がいいと感心する気にはなれない。ようするに、琳はこういう事態に慣れているということだ。

「あ、ほら、来た」

琳の言ったように、一台の車が路肩に停まった。よいしょ、と腰を上げた琳は、自力で道を横切り車へと歩み寄っていく。

「わ……」

吾もともに行こう、思わず口から出そうになった一言をすんでのところで呑み下した。なんの役にも立たない身で付き添ってどうなるというのだ。

「あ」

車に乗ろうとした琳が動きを止め、一度振り返った。かと思うと、なにかを投げてきたので、反射的に両手で受け取る。

「これは……」

「部屋の鍵。うちで待ってて」

「…………」

手の中の鍵を見る。

「なんと不用心な」「冥府へ戻るので吾には不要」「なぜ待たねばならん」拒否する理由ならいくつも浮かんだのに、結局無言で琳を見送った。

車が去り、ひとりになってから、なにをやっているのだろうとため息をこぼしつつ鞄を開けた。

鍵を入れ、代わりに手にしたのはこれまであまり使用せずにいた、スマホだ。これを使えば容易に篁に連絡をとれる便利な代物だった。

『めずらしいですね。問題ですか』

開口一番の台詞には苦い気持ちになる。つまりまた問題を起こしかねないと思われているのだ。

「あ……いえ。任を終えたので、その報告です」

『そうですか。本日のお務めはこれで終わりです。体調は？』

身体に関しては意外なほど回復が早く、支障のない状態まで戻っている。全快するのに二、三日も必要ないだろう。

にもかかわらず即答を躊躇ったのは、琳の病状が気になっているからにほかならなかった。明るく元気だっただけに、弱った姿に困惑した。

「……もう少したてば、戻れると思います」

『そうですか。ゆっくり休んでください』

では、と篁の一言を最後にスマホを鞄にしまう。

「…………」

なぜ吾はいまからでも戻れると伝えなかったのか。考えたところで答えは出ない。行きはふたりだった道程を、帰りはひとり帰る。

鞄の中の鍵をずっと意識し続けたせいで、ひどく時間がかかった。ようやく辿り着いても家主不在の部屋にどうしても入る気になれず、郵便受けに鍵を放り込んだあとは、結局予定を早めて帰路についた。

――うちで待ってて。

耳に残る琳の声を何度も振り払って。

ああ、失敗した。

白い天井を眺めながら、琳は顔をしかめる。

「俺が具合悪くしてちゃ、世話ない」

病み上がりのウメが心配でしつこく付き纏った結果がこれだ。みっともないところを見せたあげく、念のためとはいえ入院するはめになるなど、これ以上情けないことがあるだろうか。

「あ〜もう、格好わる」

遊びにきている友人にしばらく帰れそうにないと伝えてほしい、そう母親に頼んだのはいいが、部屋には誰もいなかったという。すでに五日も前のことだ。

たまたま任で出かけているのかもしれないと、その後二、三度足を運んでもらったが、結果は同じだった。

鍵は郵便受けに入っていたらしいので、きっとウメは冥府に戻ってしまったのだ。

「体力が戻ってよかった」

前向きに考えようとしたものの、どうしてもため息がこぼれる。せめて別れの挨拶くらいしたかった、そう思うほどには親しみを覚えていた。

正直に言えば、もっと親しくなりたかった。ウメは信じていなかったが、可愛いと言ったのも本心からだった。

なにしろウメのような相手に出会うなんて奇跡も同然だ。再会できる確率を考えると絶望的で、いっそう消沈する。

「……ほんと、ポンコツ」

元凶の心臓へ手のひらをやる。何度も発作を起こしたできそこないの心臓のせいで同級生より三年遅れになったばかりか、小中の修学旅行も、高校の林間学校も参加できなかった。ここぞというときに限って心臓が悲鳴を上げ、邪魔されてきた。

今回もだ。

「いやでもさ。ウメもちょっと薄情じゃない？」

上半身を起こした琳は、あえて我慢してきた愚痴をこぼす。

冥府に戻ることについては、仕方がない。任もあるし、ウメが部屋に滞在する許可が出たことのほうがイレギュラーだった。

そのため自分の愚痴も的外れだとわかっている。

だが――。

「袖《そで》振り合うも他生の縁って言うだろ。せめて書き置きくらいしてくれてもよかったんじゃない？　ウメは一緒にいて愉しくなかったのかな」

自分が愉しかっただけに、ウメはどうだったのか気になる。たった一日であっても親しみを覚えたし、一緒にいたかったし、もっと距離を縮めたいと思っていたのに。

「あー、駄目だ。やめよう」

頬に手をやる。ぐっと引き上げて無理やり笑顔を作ると、後ろ向きになった気持ちを振り払い、自身を鼓舞した。

「大丈夫。きっとまた会える。俺は強運だから」

よし、と頬から離した両手を握り締める。

「どうしたの？」

ちょうどそのタイミングで病室に母親が入ってきた。担当医も一緒だ。

「あ、先生。俺、もう帰っていいですか」

検査入院であれば丸二日で十分では、と元気をアピールする。

「せっかくだからもう少しゆっくりしていってもいいよ」

笑顔の返答には、迷わず首を横に振った。

「せっかく青春を謳歌してるさなかに、一日だって無駄にしたくないです」

けっして大げさではない。病院を出たら、やることはいくらでもある。まずは神社に行って初めてウメと出会った場所を確かめる。そのあと篁という男性について調べてみるつもりだった。

篁の連絡先を聞いておけばよかった、と悔やんだところで遅い。

「琳」

呆れた様子で母親が口を挟んでくる。口調とは裏腹に、その目には焦りと不安があった。無駄にしたくないと言った琳の真意が母親も重々わかっているのだ。

先天性の心臓疾患のせいで、子どもの頃は何度か命の危機に陥った。十歳を迎えるのは難しいと言われていたが、予想を遙かに超えて二十三歳になった。

だからこそ、だらだらと過ごしてはもったいない。

長年のつき合いだけあって、担当医も琳の我儘《わがまま》には慣れたものだ。

「退院してもいいけど、必ず明日も来てもらうよ。あと、ちょっとでもおかしいと思ったら夜間でもいいから連絡して」

条件つきではあったものの、許可が下りてほっとする。とりあえずこれでまたしばらくは自由だ。

「了解！」

担当医に敬礼した琳は、善は急げと母親を急《せ》かして退院準備をし――一時間後にはタクシーの中にいた。

「家に帰ってきなさいって言ってるの！」

母親の小言を聞きつつアパートの部屋に戻る。

「俺にもいろいろ都合があるんだって」

「やだ。まさか彼女？」

「――そんなわけないだろ」

答えるまでの一瞬の間を、母親は聞き逃さなかった。

「え、なに。図星なの？　会わせてほしいわ～」

「だから、ちがうって」

はしゃぐ母親に、あえてうんざりした顔をしてみせる。彼女と言われて自分が真っ先に頭に浮かべたのは、他の誰でもなくウメなのだ。動揺するのは当然だろう。

「確かに可愛いけど……彼女じゃないし、だいいち次に会えるかどうか」

もう二度と会えない可能性もある。そう思った途端、自分でも引いてしまうほど気持ちが沈んだのがわかった。

「片想いってわけね」

「……べつに」

励まそうとでもいうのか、母親の手が肩にのる。

「もう」

落ち込んでしまった自分への恥ずかしさからその手を払ったが、動揺は残ったままだ。

母親の淹れた紅茶で一服しながら、たったいま使ったばかりの部屋の鍵をじっと見る。あのとき、格好つけずに病院に付き添ってほしいと頼んでいたらよかったのかもしれない。少なくとも留守中に黙って消えるなんて事態は避けられたような気がする。

「やっぱり無理」

そんなことをすればウメを困らせるだけだ。

「…………」

あれこれ考えているうちに居ても立ってもいられなくなり、琳は腰を上げた。

「ちょっと——コンビニに行ってくる」

「コンビニならお母さんが行くわよ」

それでは意味がない。

「すぐそこだから自分で行くって。前に雑誌頼んだときも、月刊と週刊間違えて買ってきたし」

「それは、そうだけど」

なおも心配そうな顔になる母親には気づかないふりをして、玄関へ向かう。スニーカーを履きつつ、

「すぐ帰るから」

心中で謝ってドアを開けた。

アリバイ用の雑誌は後回しにして、まっすぐ神社を目指す。日が傾き始めた空には夕闇が迫り、首尾よく、逢魔《おうま》が時にさしかかろうとしていた。

ウメはこだわっていなかったが、日中よりは会えそうな気がする。

駆け出さないよう自制しようとしたところで、足早になるのはどうしようもない。こんな調子だから片想いだと母親に言われるわけだ。

鳥居をくぐり、社殿の裏手へ回り込んでウメと会った場所へ向かう。まだ日がある時刻であってもすでにそこは暗く、どこか空気が重かった。

「ここ」

ウメが倒れていた場所に立つ。傍には梅の木があり、可憐な花を咲かせている。ほんのり甘い香りを嗅ぐと、きゅうと胸が痛んだ。

さらに奥は竹林だ。社殿が竹林を背負う格好になっている。

「井戸？」

足を進めていくと、先日は気づかなかったが、格子の木枠ののった古井戸があった。あの日、ウメはここを目指していたのか。だとすると、ここが冥府への出入口？

「ウメ」

半信半疑ながら古井戸に向かって呼びかける。

「ウメ。もう一回話がしたいんだ」

なんの反応もない。耳に届くのは、微かな葉音と遠くの喧噪だけだ。

なにをやっているんだろう。もし出入口であれば、誰でも簡単に行き来できてしまう。さすがに恥ずかしくなり、古井戸から離れようとしたそのときだ。

「呼んで、届くと思ってる？」

その声は背後からだった。突然のことにびくりと肩を跳ねさせた琳は、勢いよく振り返る。

そこには、まさにいま会いたいと望んだ相手が立っていた。

「ウメ！」

思わず駆け寄り、両手をとる。

「よかった。もう会えないのかと——」

が、そこで言葉を切ると、じっと相手の顔を見つめた。

「あれ？　なんだか、雰囲気が」

首を傾げたのは一瞬で、はたと気づく。目の前の彼はウメではない。前髪が眉の位置で整えられている。

「もしかして、お兄さんでしょうか」

だとすれば考えられるのはひとつ。双子の兄だ。

背格好、目鼻立ちに相違点はなく、まったく同じに見える。似ているというレベルではない。一方で、雰囲気やちょっとした表情には明確なちがいがあった。

「そうだけど、なにか用？」

ウメの兄者が素っ気なく問うてくる。

「ウメはいまどうしているんでしょうか」

不躾《ぶしつけ》と承知で切り出すと、は、と兄者は鼻を鳴らした。

「挨拶もなしか。ああ、その前に手を離してくれないかな」

「あ、すみません。そうでした」

慌てて手を離してから、初めましてと一礼する。

「俺、青天目琳と言います。ウメとは一週間ばかり前に――」

「助けてくれたんだろ?」

いまとなってはそれも怪しい。放っておけなかったのは本当だが、ウメだから自宅へ連れて帰ったのかもしれない。普通の人間であったなら間違いなく警察を呼んでいたし、人間でなかったとしても――どうしていたか。

「弟を助けてくれたことは感謝している」

丁寧に礼を言われると後ろめたくなる。向こうに戻れたのは元気になった証拠なのに、心から喜べずにいるからだ。

「それで、弟がいまどうしているか、だった?」

「はい」

答えが返るまでに間があく。しかも、期待したそれとはちがった。

「感謝はしてるけど、弟の様子をきみに伝える義理はない」

冷ややかに撥《は》ねつけられる。ウメと自分が関わるのを兄者がよく思っていないというのはひしひしと伝わってきた。

「それは、そうですが」

実際、そのとおりだろう。ウメと自分が会ったのは事故みたいなものだった。

「ただ、きみには恩があるからひとつだけ教えておく」

ウメの兄は、ひたとこちらを見据えて先を続けた。

「今回の発作できみの寿命はさらに短くなった。次に発作を起こしたら危険だって、医者から言われてたんじゃない？」

「あー……まあ」

兄者の言ったように担当医から忠告されていたし、自分の身体のことは自分が一番よくわかっている。むしろとっくに死んでいてもおかしくないのだから、いまの人生はおまけ同然だと。

家にこもって過ごすより悔いのないようにしようと決め、それなりに覚悟もしていたつもりだが——どうやらまだ不十分だったらしい。死の宣告を受け、思う以上にショックを受けている。

「死んだら俺、あっちでウメに再会できるかな」

悪趣味と承知で口にしたのはそのせいだ。せめて可能性はゼロではないと答えてほしかったのに、さすがに兄者は甘くはなかった。

「会えるわけがない。僕たちは閻羅王の使い狗だ。きみは亡者になるつもり？　それとも地獄に堕ちるほど悪人？」

「わからないけど、心残りはあるから彷徨うかも」

口にする端から厭な気分になる。こんなこと、たとえ冗談でも言うべきではない。

「いまの忘れてください」

すぐに取り消した琳に、兄者は容赦がなかった。

「仮にきみが亡者になって僕らと再会するとして、どうなる？　まともな思考も感情も失ってるよ」

「…………」

わずかな望みも与える気はないようだ。

兄者は明瞭で、躊躇いがない。下手にごまかされるより誠実とも言える。一方でウメには戸惑いがあって、短い言葉を発するのもあれこれ考えながらだった。

自ずと口数が少なくなるぶん、一言一言にウメの思いがこもっていた。

「ウメによろしく伝えてください」

返事はなかった。

兄者は無言のままその場を去り、まるで靄みたいに闇のなかへと消えていった。

くしゃくしゃと髪を搔き乱した琳は、疲労感を覚えて肩を落とす。踏み出した足がひどく重くて、こんなところまで来たことを悔やむほどだった。

「……寿命はさらに短くなった、か」

死んだらどうなるのかと、その疑問は子どもの頃からずっと頭の片隅にあった。いろいろな想像をしたが、当時は不思議とそこまで怖くはなかった。

むしろいまのほうが恐怖心はある。おまけみたいな人生と思う半面、そのおまけが一日でも長く続けばいいと欲が出てしまったせいだろうか。

「帰ろ」

母親には言えない。閻羅王の使い狗——閻魔《えんま》大王の部下に死の宣告をされたなんて荒唐無稽な話だと一笑に付すに決まっているし、悲しませるだけだ。

これ以上両親に心配をかけたくない。

感情をやりすごそうと唇を嚙《か》み締めて耐える。大丈夫。部屋に着くまでにはなんとかなるはずだ。それにまだすぐと決まっているわけではない。

自身に言い聞かせ、両手で頰を引き上げると、上を向いてアパートへの道を戻った。

任の合間に寄宿舎にある自室の掃除をすることも、配下には重要だ。特に使い狗である己にとっては清潔に保つというのはもとより、いつなにがあってもいいようにという備えでもあった。

閻羅王の使い狗は不死身ではない。今回の兄者がそうであるように大怪我を負う場合もあれば、運悪くそのまま消えてなくなる可能性もある。

その際、乱れた部屋を目にした者たちはどう思うだろう。

やはり汚い。あんな部屋でよく暮らせたものだ。そう呆れられるばかりか、あんな奴をどうして使っていたのかと閻羅王の汚点にならないとも限らない。

「おまえは本当に几帳面《きちょうめん》だよな。適当でいいのに」

窓枠を布で拭《ふ》いていると、寝台で本を読んでいた兄者が肩をすくめる。

すっかり元気になったその様子にほっとしつつ、掃除の手は止めないまま苦笑いで応えた。

兄者に対しても、だ。弟の悪評は優しい兄者を悲しませる。

「あ、そうだ」

本を置いた兄者が上体を起こした。

「じつは言っておきたいことがあるんだけど」

あらたまった様子に、兄者に向き直る。が、兄者の口から語られるより早く、部屋の扉が開いた。

閻羅王の五部衆のひとり、天樹《てんじゅ》だ。

いつも明るく、華やかな天樹は絹の長衣《ながぎぬ》の裾をひるがえして部屋に入ってくるや否や、

「いますぐ集合！」

快活な声を発する。

急な呼び出しに兄者と顔を見合わせたあと、すぐに天樹のあとを追いかけ、普段五部衆が会合に使用している一室に入った。驚いたことにそこには五部衆のみながーー遙帳《ようちょう》、玻琉《はる》、那筎《なじゃく》、鉈弦、そして篁までもが顔を揃《そろ》えていた。

彼らが一心に見ているのは、壁に映し出された映像だ。

その映像は玻琉の持つ浄玻璃《じょうはり》の鏡《かがみ》と繫《つな》がっていて、あちら側、此岸での出来事が映し出されている。

「……これは」

兄者が大怪我を負ったのは、現世暦で一週間ばかり前。あの怨霊はすでに祓《はら》われたと聞いたがーーこれはどういうことなのか。

全身の血の気を抜かれて白くなった人間が、断末魔の叫びを上げたのか、ぽっかりと大きく口を開けた状態で亡くなっている。目や耳どころかあちこちから血が滴り、精気を搾りとられたかのように干乾《ひから》びた遺体が、一、二、三体折り重なっていた。

「どうやら我々が祓い浄《きよ》めた悪霊は操られていただけのようだ。ほら、ここ」

遙帳が示した場所をウメも凝視した。普段から低く、格式ばった遙帳の口調はいまいっそ

う硬い。

それもそのはず、彼らの血塗《ちまみ》れた腹には裂け目がある。なぜ、と問うまでもなく、遙帳が返答した。

「三人とも肝《きも》を抜かれている」

うへえ、と天樹が声を上げた。

「それって、操ってる奴が肝を運ばせてるってことだよね。気持ちわる～」

顔をしかめたのは天樹ひとりではない。その場にいる全員が表情を曇らせる。それだけ、非常事態だということだ。

「一度に三人となると、よほど飢えて自身で手を下したようですが――遺体を見る限り愉しんでもいた」

遙帳の言葉を受け、は、と銃弦が鼻を鳴らした。

「堪《こら》え性のない親玉だな。まあ、相手が妖《あやかし》なら俺の出番か」

首を回し、ごきごきと音をさせる銃弦を那笏が制する。たおやかな面差しには強い憂慮が滲んでいた。

「あなたが出ると周囲への影響が大きいので、頃合いを見定めるまで銃弦は準備しておいてください」

那笏の言い分はもっともだ。裏を返せば、それほどの妖であるということだった。

「ひとを襲う亡者が増えているのは、その妖のせいです。使い狗。きみたちは操られている亡者を見つけ出すようにと閻羅王からの命です」

閻羅王の名が出され、背筋が伸びる。緊張感、使命感から唇を引き結んだのは兄者も同じだった。

「今度こそ任を果たそう」

力強い声にも決意が表れていて、大きく頷く。任を完遂するのはもちろんのこと、二度と兄者に怪我を負わせてなるものかと心に強く誓った。

五部衆の面々に一礼すると、部屋を出る。足早に通路を歩きながら、ふいに兄者が意外な名前を持ち出した。

「青天目琳だっけ？」

「――――」

なぜ兄者が琳の名前を？

吾でないとすると、篁からの情報か。

「彼と会ったよ。どうやら元気になったようで自宅に戻っていた」

そうか。よかった。

具合の悪い琳を残して戻ったことが気がかりだったので、兄者の言葉に安堵する。一方で、なぜ琳に会いにいったのか、疑問が湧いた。

「おまえのこと、ウメって呼んでたな」

「そ、それは……琳が勝手に……っ」

なんと言えばいいのかわからず、しどろもどろになる。此岸の者に「ウメ」と名づけられ、受け入れたという事実がむしょうに恥ずかしくなった。

「いい名前じゃない？　だから、僕もウメって呼ぶことにした」

「え……」

「だって、おまえも気に入ってるだろ？」

「…………」

返答に詰まり、ばつの悪さから目を伏せる。気に入っているわけではないが、嬉しそうに「ウメ」と呼んできた琳の顔を思い出すと、拒絶する気になれなかったのは事実だ。

「おまえが世話になったから一言礼をと思ったんだが」

「兄者――」

さすが兄者だ。双子であるにもかかわらず吾とはちがい、いつのときも頼もしい。

「あいつ、死んだら、ウメに会えるかもって言っていた」

「ばかなことを……っ」

だが、これにはぎょっとし、足が止まる。すぐにまた動かし、寄宿舎を出るや否やそのまま速度を上げると同時に獣の――もとの姿になり、闇の隧道《すいどう》を四つ足で駆け出した。

上下左右のない闇の隧道を見渡せ、迷わず進めるのは、額にある目のおかげだ。普段はなんの役にも立たないそれが、唯一使えるときだと言える。

副眼を持たない者は、当然それに代わるものが必要だ。

閻羅王の御印、もしくは契約、あるいは特例として閻羅王の允許《いんきょ》がそれに当たる。

「会えるわけがないって答えておいた。生きていれば擦《す》れ違うことはあるかもしれないけど」

隣を走る兄者の言葉は正しい。そのとおりだ。仮に琳が亡くなれば、二度と顔を合わす機会はなくなる。一方で生きていれば擦れ違うことがあるかと言えば――おそらくその可能性も限りなく無に近いだろう。

過去に、一度だけ目が合った少年のことを思い出す。

いくつかの条件が揃えば、一瞬吾らの姿を目視できる人間もいるらしいが、ごく少数だ。それにしても幻影同様なので、吾らを吾らとして認識できる者などまずいないと言ってもいい。

明確に目が合ったのは、あのときの一度きり。あれは――。

「ああ、あと亡者になれば導いてやるとも言ったかな」

「…………」

琳はよい人間だ。

亡者になることなく、素直に行くべき道へ進むにちがいない。そもそも亡者として会うことになんの意味があるだろう。

一心に駆けていると、やがて此岸の出入口へ到着する。

古井戸から外へ出たとき、現世は夜の帳《とばり》に包まれていた。本来静かであるはずの神社にも喧噪は伝わってくる。

移り変わりの早い現世において、もっとも変化したのは光、そして音だ。どちらも居心地がいいとは言い難《がた》いが、半面、まぎれ込むにはちょうどいい。

「お疲れ様です」

そこにはすでに篁が待っていて、人形をとった吾らにいつもどおり衣服とスマホを寄越し、閻羅王からの書状を見せてくる。

今回の任は、妖に操られて生者を殺めている亡者をいち早く見つけ出すことだ。

妖に操られた亡者は邪気を纏っているので、容易に発見できる。そういう意味では容易《たやす》い任である一方、危険がともなうため常に気を張る必要があった。一瞬たりとも油断はできない。

「御意《ぎょい》」

そう返した兄者に倣うと、すぐさま任にとりかかった。

「僕がやられた亡者は、これだったか」

兄者の言葉に同意する。

あの亡者も邪気を帯びていた。どこかで妖に触れたかとあのとき思ったが、己の過ちをあらためて痛感する。

操られていたなら、初めから手に負えるような相手ではなかった。いまはあのときより力を増したのか、そこここで邪気を感じる。これほどであれば、人間のなかにも異変を感じる者がいてもおかしくはないほどだ。

「亡者が引き寄せられてる」

恐ろしさに震えると、ああ、と兄者が答えた。

「一刻も早く吾らで場所を特定して、鉈弦様に伝えよう」

失態を補うにはそれしかない。

篁に衣服を用意してもらったものの、人形をとっている場合ではないという意味だった。衣服を脱ぎ捨ててもとの姿へ変化してすぐ、兄者とともに夜の街を駆け出した。

人形のときと比較すれば格段に速く動ける。うっかりスマホに記録されるという恐れはあるが、吾らの速さがあれば明瞭に映ることはないだろう。

徐々に強くなっていく邪気に身体じゅうにぴりぴりとした痛みを感じ始める。吐き気を覚えたことでも、正しい方向へ向かっていると確信する。

霊園に到着した。

「ここか」

霊園からさらに足を踏み入れた場所から禍々《まがまが》しい邪気が漂っている。人間の手が入っていないのか、木々は伸び放題で鬱蒼としていた。妖がひそむには格好の場所だ。

しかし——。

「本体はもうこの場所を離れてるんじゃない？」

兄者が柵で囲まれた古木の前に立つ。

ウメは足元を見下ろした。

「古木に封じて、呪術を込めた柵で囲ったうえで結界を張ってあったようだ。が、それを誰か壊した」

長年禁則地とされ、放置されたことが徒《あだ》となった。柵の呪術が弱まったところに誰かが結界の石を乱したようだ。

「本体がいなくても、ここに引き寄せられただけで死人は迷う」

「そうだな。どっちにしても僕らでは、ここまでだ」

妖は専門外なうえ、これほどの妖力を持つ者となると吾らでは到底手に負えない。荒事を担う同輩であっても危ういだろう。

やはりここは銃弦を呼ぶしかなさそうだ。

神社へ戻る。古井戸へ飛び込もうとしたその瞬間、

「ウメ」

背後から声をかけられて振り返った。

「……なにゆえ」

吾をウメと呼んでくるのは琳のみだ。しかし、よもやここで会うとは思いもよらず、驚きが先に立つ。

「ウメ！　会えてよかった」

こちらの戸惑いに反して、琳は安堵の表情になる。

「夜にここに来れば、そのうち会えそうな気がしたから」

吾を待っていたとでもいうのか。半信半疑で黙り込んだところ、兄者が首を縦に動かした。

先に戻って報告しておくと言いたいのだ。

そんな必要はない。本来ならそう答えるべきだとわかっている。が、どこか落ち着かない琳を前にすると、抗《あらが》うのは躊躇われた。

「すまない。すぐに追いかける」

兄者に頭を下げ、ひとり残ったウメはそれとなく琳を窺う。思ったよりも元気そうに見えるものの、やはり同年代の他の者より精気が弱い。

「俺、ウメに謝りたかったんだ。勝手についていっておきながら、みっともないところを見せることになって」

本気で悪いと思っているのか、琳の口許が歪む。

「謝る必要はない」

寿命にしても体力にしても、当人の努力でどうにかできる部分はごくわずかだ。たとえ琳が家に閉じこもってずっと安静にしていたとしても、ほんの一時、この世に留まる時間が増えるだけだった。

「……まあ、言い訳なんだけどさ。本音は、もう一回ウメに会いたいと思ってたんだ」

こちらは意味がわからない。吾などと会って、なにがしたいというのだ。

琳の言葉を待って、じっと見つめる。

「なんでかって思ってる？　それ、俺もはっきりしないから、ごめん、聞かないで」

琳は、決まりが悪そうに人差し指で鼻の頭を掻いた。

「でもさ。俺、将来の夢とかそういう話になったときは、適当にはぐらかしてたんだ。将来があるかどうかもわからなかったし。でも、代わりにその都度やりたいことはやろうって決めてる。いまは、ウメに会いたかった」

琳は自身の命運について正確に把握しているようだ。

人間は亡者となるほどこの世に未練を残す生き物だと知っているからこそ、琳の境遇には同情を覚える。過去、何度か早世した童の亡者に接した。童はたいがいの場合、親を求め、案じて彷徨うのだ。

琳は童ではないが、親より先に逝く悲しみは大きいだろう。

ちゃんと話をするために、ウメは人形をとる。

「琳はよい男だから、おそらくふさわしい場所へ行ける。恐れなくても――」

「そういうの、聞きたいわけじゃないから」

「……琳」

では、なにを？

問うまでもなかった。

「だから！　俺がウメに会いたいのは、俺のなかでは後回しにできないことなんだって言ってるんだよ」

「…………」

ますます意味がわからない。

いつの世であっても、己は忌み嫌われる存在。疫病神《やくびょうがみ》も同然だ。

「……兄者の前で、ウメと呼んだ」

「まあ……うん。俺にとってウメはウメだし。それに、ほら、見て」

琳が指さしたのは、梅の木だ。

「まだ五分で硬いけど、すぐに綻《ほころ》ぶよ。梅の花ってなんかけなげで可愛いよなあ。俺、大好き」

「――」

琳が顔を綻ばせる。梅の花の話なのに、なぜか落ち着かない心地になった。

「ね」

ふいに琳の手が伸び、頬に触れてきた。あまりに急なことだったせいで、逃れるのが遅れ、一瞬されるがままになる。

「な、なにをする」

後退し、顔を背けて抗議したところ、ちぇっと唇を尖《とが》らせて拗《す》ねてみせた。

「こっちのウメはまだ硬いなあ」

そして、その手を自身の胸へやると、すぐにまた笑顔になる。

「俺、よい場所に行かなくてもいいかな。だって、そこにはウメがいないでしょ？」

「めったなことを言うな！　琳は……地獄がどういう場所か知らないのだ」

地獄の光景は凄《すさ》まじい。

衆合《しゅごう》地獄、叫喚《きょうかん》地獄、焦熱《しょうねつ》地獄、無間《むげん》地獄。見慣れている者ですら目を背けたくなるほどだ。その悲惨さゆえに、五部衆という地位にあっても鉈弦以外は足を踏み入れないし、吾と兄者にしても極力避けて通る。

獄卒たちに責め抜かれ、息絶えたとしてもその後にあるのは穏やかな死ではない。「活《い》きよ、活きよ」と獄卒どもの声かけに応えるように、翌日には元通りになり、同じ責め苦を課せられるのだ。

まるでまったく同じ日をくり返しているかのごとく。

罪人の悲鳴と獄卒どもの雄叫《おたけ》びが聞こえたような気がして、ぶるりと震える。

「ウメ」

こちらの気も知らず、琳は破顔した。

「ウメは本当優しいね」

だが、あまりに的外れな一言には腹立たしささえ覚える。

「そういうのではない」

「うん。ウメはそう言うだろうけど、俺が優しいって思ってるんだからそれでいいんじゃない？」

もはやなにも返せなくなる。琳はどこまでお人よしなのだと苦々しい気持ちになりながら。

「どうすればウメと会えるのかなあ。俺、結構真剣に考えてるんだよ」

そのせいかもしれない。

「この世にいれば、今日のように偶然ここで会うこともあるかもしれない」

うっかり口が滑り、身勝手な発言をしてしまう。

「じゃあ、俺、頑張ってこの世にしがみつかないと」

そう返答した琳の蕩《とろ》けんばかりの笑みを前にして、自責の念が込み上げた。結果は決まっているのにこんな台詞を言わせるなど、これほど残酷なことがあるだろうか。

唇を引き結び、目を伏せる。

やはり吾は中途半端だ。もしこの場に兄者が残っていたなら、軽々しく口にするなと窘めたにちがいなかった。

「吾は……戻らねばならん」

逃げるような思いで、古井戸へと足を踏み出す。

「ウメ」

琳に呼ばれて動きを止めたのは、条件反射のようなものだった。

「――――」

口にやわらかい感触がある。

なんだ？　と疑問に思ったのは一瞬で、すぐそこに琳の顔があることに気づき、驚きのせいでその場に尻《しり》もちをついた。

やわらかい感触は、琳の唇だった。

「な……な、にをするのだ……っ」

口と口を接触させる行為自体は知っている。いつの世も人々は口のみならず、繁殖をともなわずとも肌や性器を重ねたがるし、冥府の書庫にはその類《たぐい》の書物もあった。

吾には無縁のものだ。

「わ、ごめん。ハグするつもりだったんだけど、ウメがいきなり止まるとは思わなくて」

どうやら琳にとっても不意打ちだったらしい。自身の唇に手をやったあと、照れくさそうに目線を外した。

「ウメ。俺、ファーストキス」

「ふあすと？」

「いまウメとしたキスが、初めてだってこと」

「……っ」

覚えず息を呑む。

何事であっても初めての経験が当人にとって重要であるのは、議論の余地もない。自身にそういう感覚はなくとも、亡者を冥府に導く任のなかでこれまで何度も目の当たりにしてきた。

まだ○○をしたことがない。初めての××を味わってから死にたい。そう訴えてくる亡者はけっして少なくないのだ。

「それは……申し訳ないことをした」

不可抗力だとしても罪の意識から謝罪すると、琳が両手をとってきた。

「なんで？　俺は初めてがウメで嬉しいよ」

「そ……うか」

琳の言葉に戸惑いつつ、手を引く。が、離れるどころか指を絡められる。

掴まれた手が、やたらと熱く感じられた。

「とにかく、吾は帰らねば――」

「また会える？」

いっそうぎゅっと握り締められた。

振り払うこともいまはできなかった。

「それは、だから、偶然会うこともあるかもしれんと」

「キスしたのに？　偶然を待つしかないってこと？」

「………」

「偶然がなかったら会えないってことだよね。キスしたのに」

至近距離で見つめられ、何度もくり返されて口ごもる。視線を外したところで、両手を捕らえられたままである以上、無視して逃げることも難しかった。

「で、では、またこの時刻に、ここで」

早く離してほしい一心だ。頭の隅では愚かだと自覚しているというのに、他の言葉が浮かばなかった。

「明日？」

「明日は無理だ。でも……一週間後であれば」

「じゃあ、一週間後。また同じ時間でいい？　一週間後の午後八時」

できなかった。

「絶対だよ！」

真剣な双眸で念押しされ、どうして撤回できるというのだ。戸惑いを隠し、頷くことしかできなかった。

「やった！」

とはいえ、嬉しそうな琳の顔を見ていると悔やむ気持ちはない。意思を持って頷き、手を解放してもらうと今度こそ古井戸へ向かった。

「じゃあまた！　絶対忘れないで」

手を振る琳の笑顔に見送られて、飛び込む。冥府へ続く闇の隧道を駆けながら、なんとも表現しがたいなにかが胸に広がっているのに気づいた。

「……初めてか」

なぜなのかは不明瞭ではあるものの、厭な感じはしない。

なるほど、みなが初めてにこだわるわけだ。落ち着かない心地になると同時に、なぜか駆ける脚も軽くなったような気すらした。

兄者に遅れて到着したときには、すでに鉈弦が現世へ向かう算段になっていた。

「おう、ワンちゃんたち。あとは俺に任せて、のんびり地獄巡りでもしてな」

頼もしい言葉で息巻く鉈弦に、人心地つく。どんな荒事であろうと、鉈弦であればなんなくこなしてくれるだろう。

一礼し、あとは鉈弦に託す。

その後兄者とともに寄宿舎の自室へ向かったが——無意識のうちに先刻の出来事を思い浮かべていた。

よい男である琳が口吸いすらこれまでしたことがなかったのは、おそらく病のせいだ。琳自身がそういう相手や行為を欲していなかったと考えられる。でなければ、引く手数多《あまた》であろう琳が初めてだとは考えにくい。

「なにかあった?」

部屋に入り、扉を閉めた途端の問いかけに、びくりと肩が跳ねる。

「なにか、とは?」

はぐらかそうとしても、相手が兄者では無理だ。

「浮かれてるだろ? 彼のせい?」

隠し事などできるはずがなく、身を縮めるしかなかった。

「浮かれているつもりは、なかった」

なにを言おうと言い訳にしかならない。こんなときに自室でも琳のことを考え続けていたなど、浮かれていると指摘されるのは当然だった。

「すまない」

謝罪する間も、完全に冷静になれないのだから。

「なに謝ってるんだって。兄としては嬉しいくらいだ」

肩を組んできた兄者はそう言うと、顔を覗き込んできた。

「なあ、どんな話をした？」

興味津々《しんしん》の質問に焦り、頬が引き攣《つ》る。

「……別に」

「別に、じゃないだろ。ずっとそわそわしてるし。ほら、兄さんに全部話せって」

図星を指されたあげく、どこか愉しそうな様子まで見せられてはすべて打ち明けるしかなくなった。

「一週間後の夜にまた会おうと……任以外で向こうへ行くことなどできるはずもないのに、愚かな約束をした」

引っ込みがつかなくて口走っただけだが、琳の喜ぶ姿を前にするとなんとかして約束を果たしたいと思ってしまった。

いまも、手立てはないかと考えている。

「他には？　どんなことがあった？」

「他には……」

この問いには、急激に顔が熱を持つ。いまだやわらかな感触が唇にはっきり残っていて、どっと汗が噴き出した。

「図らずも、口吸……」

その先は言えず、唇を引き結ぶ。

が、兄者には十分だったらしく、大きな声を上げた。

「嘘！　キス？　キスしたんだ？」

「あ、兄者」

ますます焦り、身の置き場にも困る。逃げ出したいのに、兄者の腕が肩に回っているせいでそれも叶《かな》わない。

「うわ～。あいつ、不可抗力で、草食系に見えて、案外手が早い」

「……いや、琳もそういうつもりはなくて」

「なに言ってるんだよ。そういうつもりだったに決まってるだろ？　男なんてそんなもんだから」

「そんなもの、なのか」

物知りの兄者が言うのなら間違いない。吾らは雄形をとっているが、そういう欲や感情とはこれまで無縁だった。

否、吾は、だ。

「兄者は、その……こういう気持ちになったことはあるのか？」

腕を解いた兄者が、人差し指を顔の前で左右に振った。

「ある。と言いたいところだけど、どうかなあ。欲ならまだしも、感情って難しいよな。よくわからない」

確かに、欲というのはわかりやすい。亡者が現世に留まろうとするのはたいがい欲のためだ。地獄の獄卒どもにしても欲まみれだと言ってもいい。

罪人への拷問ですら娯楽にし、獄卒同士で競ってみたり、賭けの対象にしたりしているくらいだ。

「吾もだ」

同意すると、兄者が頬を抓んできた。

「ちがうだろ。おまえは浮かれてるじゃないか。それは、おまえの感情だ」

「吾の、感情」

やはりぴんとこない。

この、なんとも言えずそわそわとして落ち着かない状態が感情だとするなら、あまりに難しい衝動だ。自制できない時点で、持て余している。

「そんな顔しなくても大丈夫。僕がなんとかするから、おまえは堂々とあいつに会いにいくといいよ」

兄者にそう言われ、おずおずと頷いた。

任でもないのにと頭にはあるが、もし約束を破れば琳はきっとがっかりするだろう、そう思うと端から選択肢はひとつしかない。

——ウメ。

吾を呼ぶ琳の声を思い出すと胸が疼《うず》く。浮かれているというならそのとおりだった。目を伏せたウメは、琳の唇の感触をどうしても忘れることができず、その後しばらくの間浮かれて過ごすはめになる。

吾は閻羅王の使い狗。それで十分だ。自身にいくら言い聞かせてもどうにもならず、困惑してしまったが、けっして不快ではなかった。

むしろ初めての感覚に浸った。


ちょうどその頃。

風呂《ふろ》をすませ、ベッドにごろりと身体《からだ》を横たえた琳《りん》は、はあ、と何度目かのため息をついたところだった。

「……夢じゃないよな」

やや強引ではあったものの、会う約束は取りつけた。なんのかの言ってもウメは優しいので、お願いすると最後には了承してくれた。

またウメに会えるのだと思うとどうしようもなく頰《ほお》が緩む。それ以上に、まだ一週間あるとじれったく感じた。

「いやでも、ウメ、ちょっと心配だよ」

おねだりに弱いのなら、自分以外にも容易《たやす》く流されるのではないか。そう思うと、むしょうに焦ってくる。なにしろウメがいるのはあちらだ。

あちらには自分以上に強引な者はいくらでもいるだろう。

いまこの瞬間にも押し切られているのではないのか。

「ウメ」

居ても立ってもいられなくなり、むくりと上体を起こす。

いますぐにでも会いたい。が、一介の人間でしかない自分が足を踏み入れられる場所ではないし、そもそも行き方がわからないし、と思い直してまた横になった。

とにかく一週間後だ。

待ち遠しい。

「……って、なんでだろ」

ウメのことを考えると、これまで一度も味わったことのない胸の高鳴りを感じる。もちろん大好きだからで、昂揚《こうよう》に他の理由はいらない。と、思う一方で、胸に置いた手のひらに返ってくる確かな心臓のリズムはどこからくるのか、自問自答してみる。

幼い頃からの妄想が実体化したからか。それとも、穏便に、無難に生きてきたせいでウメの存在が刺激的だからなのか。

「…………」

どちらもそのとおりだが、それだけではない。一番の理由は、やはりウメが可愛《かわい》いからだろう。

真の姿も人間の姿もどちらもウメは可愛い。兄者と会って、ますますそれが明確になった。同じ外見をしていても、ちょっとした表情や仕種《しぐさ》、話し方、雰囲気。立ち姿ですらウメと兄はまるで別人だった。

双子《ふたご》といっても、長い年月、各々が経験を重ねてきたのだから当然と言えば当然だ。ウメは兄者に憧れ、ともすればコンプレックスを抱いてもいるようだが、自分が惹かれたのはウメだと言いたい。次に会ったときに必ず言おう。

などと浮ついた思考を見透かしたかのように、携帯の着信音が部屋に響き渡る。ベッドから起き上がり、テーブルの上に置いた携帯を手にとってみると、思ったとおり電話の相手は母親だった。

「あ、忘れてた」

退院して八日。

朝晩二度、七時半と二十一時に電話をかけるという約束で一人暮らしの継続を許されているが、もう三十分過ぎている。

きっとやきもきしてかけてきたのだろう。

急いで電話に出て、寝ていたと言い訳をする。心配そうな声音には申し訳ない気持ちになりながら短い電話を終えた。

一人暮らしを続けているのは、自分の我《わ》が儘《まま》だ。

やりたいようにやろうと決めているからで、現在は――ウメに会いたいというのが一番の望みかもしれない。

「浮かれすぎ」

それもそのはず、こういう感覚は初めてだ。誰かひとりのことをずっと考え、昂揚するなど。

大好き。可愛い。

「恋、か」

ぽろりとこぼれた一言に、かあっと頬が熱くなる。これが恋であるなら、間違いなく初恋だ。

「……寝よ」

頬を手で扇《あお》いだあと、冷静になるために本を開き、文字を追う。物語にはなかなか集中できなかったが、おかげで睡魔がやってきた。

本を手から離し、瞼《まぶた》を閉じるとそのまま眠りに引き込まれていった。

どれくらいたった頃か。

喉元《のどもと》を押さえつけられているような息苦しさを覚えて、目を開ける。ゆっくりと深呼吸をしたが、おさまるどころかいっそうひどくなっていった。胸が苦しく、ぎゅっと鷲掴《わしづか》みにされたような痛みを覚える。

動悸《どうき》は激しくなっていき、いまにも身体を突き破ってきそうなくらいだ。

前回の発作からまだ半月。もうか、と両手で胸を押さえた琳はサイドボードに目をやる。

処方薬——と携帯があるはずだが、ほんの一メートル足らずの距離が厭《いや》になるほど遠く感じられ、もはや手を伸ばす余力すらない。

脂汗《あぶらあせ》が全身に浮き、がたがたと震えだす。

「……うぅ」

まるで蓋が閉じていくかのごとく徐々に視界が狭くなっていき、朦朧《もうろう》となる頭のなかで、ああ、これは駄目かもなと死を予感した。

両親の泣き顔が浮かぶ。子どもの頃は入退院をくり返したし、夜中に救急で駆け込んだことも数えきれないほどあった。これまで心配ばかりかけてきた。

——どうして……琳がっ。

長く生きられないと医師から宣告されて以降、毎夜母親がひとり隠れて泣いていたのを知っている。翌朝、赤い目をごまかしながらいつもどおり明るい顔を見せる母親に、知らん顔をしているのが精一杯だった。

親不孝な息子《むすこ》でごめん、と心のなかで謝りながら。

どうやらとうとうそのときが来たらしい。

よく走馬灯のごとくこれまでの人生が巡ると聞くが、たった二十三年のせいか、追想はあっという間に終わる。

完全に視界は閉ざされてしまった。

次の瞬間だ。

「あれ？」

ふと気づくと、知らない場所に立っていた。なにもない空間、という以前にあまりに真っ暗で周囲が見えないのだ。

音も聞こえない。闇の空間に放り出されていた。

これが死か。

現にあれほどの苦痛が綺麗《きれい》さっぱりなくなっていて、心なしか普段よりも身体が軽く感じられた。

ふと、足元に一筋の淡い明かりを見つける。じっと立ち尽くしていてもしようがないので、その明かりが導くほうへと足を踏み出した。

生ぬるい風を感じたのは、いつの間にか草原に辿《たど》り着いていたからのようだった。かと思うと、次には河原に出る。

本来なら疑問に思うところだが、特になんの違和感もなく目の前の黒い川を眺めた。

向こう岸は見えない。

はたしてどうしたものかと考えたのもつかの間、たいして迷わず川へ近づく。と、いつの間にか船に乗っていて——はたと我に返ったときには長い長い行列の最後尾についていた。

行列の先頭は見えない。

いったいなんの列なのか問おうにも、前に並んでいる人たちはみな茫然《ぼうぜん》として精気がなく、返答どころかこちらを見てもくれない。

まったくの無反応だ。

死人だからか、と納得する半面、自分はどうして列に並んでいるのかと不思議な感覚にもなる。この場にいるのだから死んでしまったのは間違いなさそうだが、なぜか他の人たちとはちがって自我が残ったままだ。

「誰か、いませんか。これ、どこへ向かうのか、教えてほしいんですけど」

声をかけてみたところで同じだ。こうなったら先頭まで向かい、自身の目で確かめるしかないだろう。

怒られなければいいけど。

恐る恐る列を外れた琳は、会釈をしつつ他の死者たちを追い越し、先頭を目指す。が、行けども行けども到達できず、いったん休憩と立ち止まり、周囲へ視線を向けた。

あれよあれよという間に来たここは——所謂《いわゆる》あの世という場所のようだ。

色彩のない、乾いた風景が延々と続いている。いや、風景と言えるかどうか。なにしろ山のようにも森のようにも、はたまたなにもない砂漠のようにも感じられるのだ。

いや、果たして自分の目は正確に映しているのだろうか。

微《かす》かに見える楼閣も、単なる幻《まぼろし》かもしれない。

悲鳴なのか雄叫《おたけ》びなのか、時折、遙か遠くから聞こえてくる甲高い咆哮《ほうこう》すら判然とせず、すべてが曖昧だ。

「あ」

はっとして目を凝らすと、突然目の前に巨大な門が現れた。不思議と驚きも恐怖心も薄く、誘われるように門をくぐった琳はその向こうにある館を仰《あお》ぎ見た。あまりに大きく、建物の上部は目視できない。

荘厳という表現がふさわしい館を前にしてもやはり躊躇《ちゅうちょ》は湧かず、中へと足を進める。

広い空間にあって、前方の上座《かみざ》にある法壇まで続いている列を見て、なるほどみんなはここを目指していたのかと合点《がてん》がいった。

法壇に座しているのは、頭に煌《きら》びやかな冠を戴《いただ》き、大陸的な黄色い法衣を身に纏《まと》った美丈夫だ。あれが世に聞く閻魔《えんま》大王か、と抱いていたイメージとの落差とともにその存在感に圧倒される。

傍には立派な冥官《めいかん》たちが恭《うやうや》しく控えていて、いっそう閻羅王《えんらおう》の威厳を高めていた。

離れた場所にいてもびりびりとした緊張感が伝わってくるせいで、その場で棒立ちになる。

「青天目《なばため》琳」

そのため名前を呼ばれてもすぐには反応できなかった。そもそも呼ばれるとも思っていなかったのだ。

「青天目琳」

再度自分の名前を呼ぶ朗々とした声を聞き、文字通り飛び上がってしまう。

「え……あ、はい」

整然とした列を追い越し、急いで法壇へ駆け寄る。近づくごとに閻羅王のオーラは強くなっていき、幾度となく引き返したい衝動に駆られつつもなんとか辿り着いた。

「青天目、琳です」

鋭い眼光で見つめられ、緊張感から唇《くちびる》を引き結ぶ。いよいよ閻魔大王の審判を受ける瞬間が来たのだ。

地獄行きか、それとも……。

「小耳に挟んだのだが、そなた、地獄に堕とされることを望んでいると？」

これは、自分への質問らしい。

勇気を出して視線を上げ、高い場所にいる閻羅王をまっすぐ見た。

「俺が望んでいるのは地獄に堕とされることじゃありません。単なる個人的感情というか、下心というか」

「簡潔に」

正直に言おうか言うまいか迷ったのは一瞬だ。

『嘘《うそ》ついたら針千本飲ます』『閻魔様に舌を抜かれる』というのを別としても、ここまで来てごまかす理由がなかった。

「じつは俺、ウメに会いたいんです。あ……ウメっていうのは俺が勝手に呼んでいるだけで、本当の名前は知らないんですが」

説明の必要はなかった。

「地獄の責め苦と引き換えにしてもいいと？」

次の質問が投げかけられる。

これは難問だ。どれほどの責め苦なのか想像もつかないが、痛いのも苦しいのもできればごめん被りたい。

「正直、責め苦は厭です。俺はウメと普通に会って話をしたいだけで——でも、それって都合がよすぎですよね。どれくらい我慢すれば、もう一度ウメに会えますか？」

身勝手な言い分だと叱られるだろうか。

けれど、どうしてももう一度ウメに会いたかった。せっかく約束したのに、死んでしまったこと。それから、大丈夫だと言いたい。

でなければ、ウメは心を痛めるだろうから――。

「あ、死んだら大丈夫とは言わないか」

ウメがいまの自分を知ったらどう思うか。それが気がかりだ。

「そうよな。会えるかもしれんし、会えぬかもしれん。わずかな可能性にかけるというなら、望み通り地獄へ送ってやろう」

「――」

地獄行きを望んでいるわけじゃないんだけどな、と思いつつも、迷ったのは今度もわずかな間だった。

「可能性があるなら」

自分でもおかしいというのは重々承知しているが、これればかりはしようがない。どんなときも心に正直に、だ。

「では、青天目琳。衆合《しゅごう》地獄に堕ちるがよい」

「しゅ……」

それはどんなところでしょう。確認したかったけれど、間に合わなかった。たったいまそこにいたはずの閻羅王は消え、代わりに琳の視界に飛び込んできたのは凄惨な場面だった。

視界が悪いのは、吹き荒れる砂嵐のせいか。そびえ立つ石山に叩《たた》きつけられ、荒い山肌《やまはだ》で砥《と》がれている罪人が、ぎゃあと獣じみた悲鳴を上げる。皮膚が破け、血塗《ちまみ》れになりながらもなんとか逃れようともがいたところで、相手は屈強な鬼だ。

片手で脚を掴んで、まるで大根でも下ろしているかのような手軽さで罪人を石山に擦《こす》りつけるのだ。あちこちにある赤黒い染みは拷問の跡だろう。

すぐ近くでは、別の罪人が杵《きね》で押し潰されている。頭がぺしゃんこになり、びしゃっと血《ち》飛沫《しぶき》を撒《ま》き散らしながら目玉と舌が飛び出した。

まさに地獄絵図とはこのことだ。

反射的に後退《あとずさ》りした、直後、にゅうと鬼が目の前に立った。

「……あ、こんにちは」

二メートル以上あろうかという半裸の鬼はごつごつとして、黒い。どうやら全身に苔《こけ》が生えているようだ。額にはいくつもの角があり、口からは長い牙を覗かせている。黒い鬼は、にいと大きく口を開けると、熊手みたいな手で頭を鷲摑みにしてきた。

「シンイリダナ。カワイガッテヤル」

「うぁぁ……っ」

万力のごとき手は容赦なく、いまにも頭蓋骨《ずがいこつ》が砕けそうな激痛に手足をばたつかせる。両足は地面から浮き、あまりの激痛に勝手に涙がぼろぼろとこぼれ落ちた。

「オレニモヤラセロ」

灰色の小さな鬼がいきなり飛びついてきた。がりがりと鋭利な爪《つめ》で肌を引っ掻《か》かれ、身体じゅうから血が吹き出す。

「ジャマスルナ。オレノダ」

黒鬼が小鬼を払う。が、その勢いで長い爪が顔面に食い込み、ぶつっとなにかが切れる音がした。

右の眼球がぼろりと落ちても、どうすることもできない。

もはや悲鳴も出ず、ひゅーひゅーと喉が鳴るばかりだ。

普通であれば死を迎える状態になろうと、意識ははっきりしている。鬼の手が脳みそを掻き混ぜる感触をまざまざと味わわされるのだ。

くちゃくちゃという音を聞きつつ、琳は全身を痙攣《けいれん》させる。

自分の甘さを痛感したところで遅い。責め苦は容赦なく続く。

黒鬼が手を離した。どさりと地面に落ち、仰向けにひっくり返る。

「マダコレカラダ」

だが、黒鬼の手にある杵を目にして、自分が横たわっているのが地面ではないと気づいた。

鉄臼《かなうす》の中だ。

「ひっ」

振り下ろされた杵が肋骨《ろっこつ》を砕く。続けざまに叩かれ、潰されて、痛みは耐えがたいほど激しくなっていく。

両手両足は千切れ、鉄臼からはみ出し、あちこちに飛び散った。

やっと意識が薄れていったときには、ほっとした。死が待ち遠しいなんて——地獄の洗礼を受けたような心地だった。

「え」

だが、それも長くはもたない。

はたと気づくと、すべてが元通りだった。終わることのない責め苦という意味を身をもって知る。

「ひぃぃぃぃぃっ。助けてくれぇぇ」

「痛《いて》え痛え……ぎゃあああ」

「もう、勘弁し……ぐあああああ」

そこここで上がる悲鳴も恐怖心に拍車をかける。あの苦痛を知ってしまっているがゆえに、一度目より二度目のほうが格段につらかった。

絶望的な気持ちで、琳は黒鬼を見上げる。

「さて、始めようか」

来る日も来る日も拷問してきただろうに、少しも飽きてはいないようだ。黒鬼の顔には愉悦が垣間見える。

今日は頭ではなく顔を摑んでくると、またぎりぎりと締め上げ始めた。昨日よりゆっくり、味わうように。

「……ぅあぁぁ」

激痛に悶《もだ》え苦しむ。逃れようと暴れればよけいに痛みは強くなった。眼球を指でくり出そうというのか、太い指が右目の瞼の上に食い込んできた。

かと思うと、ぶちぶちという音とともに、眼球が抉《えぐ》りとられる。

空洞となった孔《あな》から大量の血液が流れ出て、黒鬼は玩具を与えられた子どもさながらの笑顔でそれをかざすと、自身の口の中に放り込んだ。

飴玉《あめだま》みたいにしゃぶってから、ごくりと飲み下す。その様を見せられ号泣したが、いまの琳に涙は熱湯同然だった。

顔が焼かれる感覚に、呻《うめ》き声が漏れる。

それでも猶予は与えられず、頬を潰され、抜け落ちた自身の歯で口中が血だらけになる。喉を潰され、悲鳴を出すことすら叶わない。

どうしてこんな目に遭うはめになったのか。どんな悪事を働いたのか。

痛みに苛《さいな》まれつつ思い出そうとする。

が、なにひとつはっきりしない。すべてが曖昧模糊《あいまいもこ》としている。ただひたすらに、やめてほしい、助けてほしいと願うばかりだ。

無理だと重々わかっていながら。

自分は、永遠とも言える永い年月を黒鬼に拷問されて地獄の苦しみを味わいつつ過ごすのだろう。

「お……俺、は……」

なにかが頭をよぎった。が、それがなんであるかわからない。少しでも苦痛をまぎらわしたくてそのなにかに集中しようとしても、黒鬼の歓喜の咆哮が邪魔をする。

うるさい。やめろ。俺は思い出したいんだ。思い出さなきゃいけないんだ。なぜならあの子が――。

直後だ。

唐突に『ウメ』という名前が頭に浮かぶ。それと同時に、頑《かたく》なに唇を引き結んだ顔や、丸い斑《まだら》模様の愛らしい寝姿がよみがえってきた。

そうだ。ウメに会うために地獄を選んだのだ。きっとウメが知ったなら浅はかなことをすると不機嫌になるだろうが、自分にはそうするしかなかった。

「……ウメ」

ずたずたに引き裂かれた口を動かし、その名を呼んだ。ちゃんと声になっているかどうか不安になりつつ、懸命に絞り出す。

「……ウメ」

幻だろうか、思ったとおりの渋面をしたウメが現れた。

「ウメ……お、れ……」

幻でもいい。消えてしまわないうちに謝りたくて、なんとか言葉を紡ごうとする。が、うまく声を発することができず、結局、名前をくり返すはめになる。

――なにをやっているのだ。

半面、ウメの声は明瞭に耳に届く。直接脳内に話しかけられているのではと思えるほど、細かな語尾の震えまで伝わってきた。

――ウメに会いたくて。

そう返した瞬間、いきなり視界が開けた。

「え」

驚いたことに琳はまだ裁きの場にいて、閻羅王に見下ろされていた。

「答えは変わったか」

自分のなかでは何時間も、何日も経過したような感覚だったが、実際はほんの数秒だったということか。

あれほど苦しんだのに。いまでもまだはっきりと苦痛が残っているのに。

拷問が嘘ではなかったという証拠は、いまやぼろぼろになったパジャマのみだ。

とても信じられない——というのは無意味なのだろう。なにしろ相手はあの閻羅王だ。

「自分の甘さを思い知らされました。想像を絶することってあるんですね。この前までは地獄に関わるなんて思ってもいなかったですし」

先刻までの苦痛を思い出し、パジャマの血の染みに震えながら言葉を重ねる。

「地獄行きなんて厭ですけど、ウメに会いたい気持ちがなくなったかって聞かれると……俺、やっぱり会いたいって答えるしかありません」

身勝手と言われればそのとおりだ。

地獄行きは正直勘弁してほしい。発作の苦しみが生易しく思えるほどの苦痛をまた味わうのかと思うだけで、どっと脂汗が噴き出す。

が、これが本心だった。

地獄は厭だけどウメに会いたい、約束を果たしたい、なんて都合がよすぎると琳自身わかっている。閻羅王相手に通用しないというのも。

「ウメ、か」

閻羅王がぼそりと呟《つぶや》いた。

「そういえば、儂《わし》はあれの名前をいつから呼んでいないか」

これには黙っていられなかった。なにしろウメ自身、忘れたと言ったくらいだ。

「名前は……絶対呼んであげたほうがいいと思いま――」

言い終わらないうちに、空気が凍りついたことを察する。控えていた冥官たちは顔色を変えるや否や、そのなかのひとりが苦言を呈した。

「閻羅王の許しが出たとき以外は口を開かぬように」

「あ……すみません」

いまの琳は死者であり、罪人。立場を弁《わきま》えろという意味だろう。

「愚かな男よ」

閻羅王の言葉に、

「自分でもそう思います」

返答したあとで、冥官たちの無言の非難を感じて慌てて口を噤《つぐ》む。

不快に思っているのか、呆《あき》れているのか、閻羅王の表情や声音からは伝わってこない。淡々とした様子に、いったいどうなるのかと身を縮めていると。

「あれから聞いていたとおり正直な男でもあるようだ」

さらにそんな一言が投げかけられた。

「あれ」というのはきっとウメのことだ。ウメは他になんと言っていたのか。いまどこにいるのか。

どうしても知りたい気持ちを抑えきれず、禁じられているにもかかわらずまた口を開く。しかし、質問できなかった。

「………」

なぜならいま目に映っているのは、威厳に満ちた閻羅王の姿ではなく、見慣れた白い天井だ。

「え?」

ベッドから飛び起き、周囲を見回す。チェスト、サイドボード、ローテーブル。緑色のカーテン。厳粛な裁きの場で萎縮していたはずなのに、いまいるのは自分の部屋だ。

テレビ、机、その上のスマートフォン。

いつもどおりパジャマ姿の自分。

いったいなにがどうなっているのか。自身を隅々までチェックしてみても、変わったところはない。

「夢、だったってこと?」

それにしてはリアルだった。いまもまだ味わった苦痛を明瞭に思い出せ、恐怖心で血の気が引いていくほどだ。

一方でパジャマにも身体にも傷はもとより汚れひとつない。

「生々しすぎ」

びっしょりと汗をかいていることに気づき、着替えようとベッドを下りる。バスルームへ向かい、タオルでざっと汗を拭《ふ》いてから別のパジャマを手にして部屋へ戻った琳だが、どうしても衝動には勝てず、シャツとジーンズを身に着けて外へ出た。

愚かな男、正直な男とあの閻羅王のお墨付きだ。

ばかみたいだと嗤《わら》われようと、自分がそうしたいと思ううちは心のままに動きたかった。いまは、ウメに会いたい。一週間後の約束まで待つのもいいが、また偶然会える可能性があるなら行動あるのみだ。

神社へ向かう。

今夜は星も月も分厚い雲に隠れているせいで、街灯の明かりが心許《こころもと》なく感じられた。

「慌てず、走らず」

ほんの数百メートルの距離だが、二度と同じ失敗をしないために駆け出したくなる気持ちを抑え、呼吸を整えつつ急いだ。鳥居をくぐると、まっすぐ社殿の裏手を目指す。

頃よく丑三《うしみ》つ時《どき》。街灯の届かない裏手は真っ暗だ。

弥《いや》が上にも期待は高まる。が、あたりは静まり返っている。今夜は葉音も聞こえず、街の喧噪《けんそう》もやけに遠い。自身の鼓動の音まで聞こえるようだった。

「そりゃそうだ」

偶然の幸運などそうそうない。

帰ろうか、と思いつつだらだらと十分、十五分と留《とど》まっていた琳の耳に、やがてかさりと小さな音が届く。

「ウメ？」

気配を感じる、と言えばきっと勘違いだと本人に一蹴されるにちがいない。それでも、はっきりと感じるのは事実だ。

きっとキスをしたから。

不可抗力のキスを思い出すと頬が緩みそうになったが、浸っている場合じゃないとすぐさま追いやった。

「ウメ。いるなら顔を見せてほしい」

古井戸を覗《のぞ》き込んでみたものの、ただの真っ暗な穴だ。ここではないとなると、任を申しつかって直前にここを通ったのか。

周囲を見渡し、また「ウメ」と呼びかける。

すると、さらに奥の竹林がざわざわと呼応するかのように揺れた。

「ウメ」

やっぱりウメだ。竹林へと進む。と、暗闇の隙間から突如現れたそれは、ウメとは似ても似つかない妖《あやかし》だった。

土色で、目がぎょろりと大きく、顔も身体もごつごつとしてまるで木の幹のようだ。背丈こそ二メートル弱と大柄な人間程度であっても、分厚い皮を纏った手足を動かしてこちらへ近づいてくる姿は、自分を拷問した黒鬼を連想させた。

ちがうのは、明確な食欲を異形から感じること。

それはこちらへ顔を向けると、だらだらと涎《よだれ》を垂らしながら口を大きく横に開いた。

一気に心拍数が上がり、手足が冷え、がたがたと身体じゅうが震えた。

刺激しないよう、静かに後退りする。が、数歩後退したところで木の根に足をとられてよろめき、尻《しり》もちをついた。

「あ」

すぐに立ち上がろうとしたものの、わずか数十センチの距離で大きな目と視線が合い、動きを止める。腐臭のする息を吹きかけられてもじっと我慢していたが、それほど長くはもたなかった。

味見のつもりか、ざらざらとした舌で顔を舐《な》められ、臭い涎まみれにされた瞬間、異形を思い切り突き飛ばしていた。

いや、自分では突き飛ばし、逃げを打ったつもりだった。

実際は数センチも動けなかった。

首根っこを摑まれる。喉元に食らいつこうとでもいうのか、大きな口から覗いた鋭い牙をはっきりと確認する。非力な自分では、必死の抵抗もいつまでもつか――なによりただでさえ不完全な心臓がいつ音を上げてもおかしくなかった。

蛙《かえる》みたいな唸《うな》り声と荒々しい息を首筋に感じて、必死で身体を捩《よじ》る。そうする傍ら手にしていた携帯のライトをそれに向けた。

「グァ」

拘束の手が緩む。その隙に地を這《は》い、転がるように逃げ出す。

「おとなしく、食べられてたまるかっ」

だが、叫んだ矢先、足首を摑まれ、吊《つ》り上げられた。

「……なせっ」

手足をばたつかせて抵抗する。

異形はまた大きく口を開くと、今度こそ首筋にむしゃぶりついてきた。はずが、少しも痛みを感じず、いつの間にかきつく閉じていた目を恐る恐る開けてみる。

異形の動きが止まったのは、他に意識が向いたせいだとわかった。どさりと地面に落ちた琳は、それが去ったほう、竹林を熟視する。

疑問に思ったのは一瞬で、すぐにその答えを知った。

「――ウメ」

「こんなところでなにをしている。ただでさえ病み上がりだろう」

しかめっ面の忠告に、願望が見せる夢でも幻でもないと知る。この表情、話し方、まぎれもなくウメだ。

「会いたかった！」

やっと会えた嬉《うれ》しさから、反射的に小柄な身体を抱き締める。

「……琳」

腕のなかで身動《みじろ》ぎされて、自分の大胆な行動に気づかされたくらいだ。

「あ、ごめん」

とりあえず身を退《ひ》いたものの、嬉しい気持ちは止められない。己の強運を今日ほど実感したことはなかった。

「助けてくれて、ありがとう」

まずは礼を言い、息をついて自身を落ち着かせる。あらためてウメに向き直ると、再度同じ台詞《せりふ》を口にした。

「待ちきれなくて……会いたかったんだ」

ウメは困った顔をして頷《うなず》く。少し照れているようにも見え、こちらまで照れくさくなってくる。

「俺、ウメに言いたいことが」

「あとにしろ」

一刻も早く謝りたかったけれど、ウメに制されていったん口を噤む。去ったはずの異形はまだそこにいて、低く唸り、敵意を剝《む》き出しにしていた。

「ウメ。妖退治は」

「できん」

「だったら」

「いいから、おまえは逃げろ。足手纏いだ」

確かに足手纏いだろう。しかし、ウメを置いて逃げるなんてできるわけがない。

しかも、食事を邪魔されて気が立っているのか、先刻までより禍々《まがまが》しさが如実に感じられ、肌を無数の針で刺されているかのようだった。

「ウメ」

返事はない。それもそのはず、ウメは真の姿となり、敵に向かって四つ足を踏ん張っていた。

頼もしさより、不安が込み上げる。二メートルを超える剛力な異形に対して、ウメはあまりに小柄だ。

ウガァァァ。

吼《ほ》えたウメが妖に飛び掛かっていった。

「ウメ！」

が、右手一本で振り払われる。ごろごろと地面に転がったウメに慌てて駆け寄ったが、拒絶するかのごとく体勢を立て直し、ふたたび立ち向かう。

「ウメ！」

再度弾《はじ》き飛ばされたウメへ両手を伸ばした。地面に転がる寸前で抱きとめた琳だが、ほっとしたのもつかの間、当のウメは邪魔とばかりに後ろ脚で蹴ってくると、また妖へ挑もうとする。

最初に会ったとき傷だらけだったウメを思い出し、たまらない気持ちになった。自身がどれほど傷つこうと、ウメにとっては二の次なのだ。

「やめろっ」

ウメに襲い掛かろうとする妖の前に立ちはだかった。が、役立たずな自分では一瞬の抑止にもならず、地面に叩きつけられてしまう。

これほどの痛みをウメが何度も味わっているのか。その事実がつらくて、たまらなく泣けてきた。

地獄の責め苦よりもよほどつらい。

「……ウメ、ごめん……俺……」

切れ切れに謝ると、人形《ひとがた》になったウメの顔が視界に入る。

「琳……ばかな、ことを」

悲痛にも見える表情にはどんなわけがあるのか、よくわからないままにウメの頬へ手を伸ばした。

「ウメ、駄目だ……あいつが」

また襲われる。自分のことは放っておいていいから、そう言おうとするが、胸が苦しくてうまく声が出ない。締めつけられるような苦しさに琳は大きく胸を喘《あえ》がせるしかなかった。

だが、幸いにもウメがふたたび襲われることはなかった。

突如現れた半着《はんぎ》に狩袴《かりばかま》を身に着けた男が手にした大鉈《おおなた》を振るい、一太刀《ひとたち》で異形を仕留めたのだ。

ギャアアア。

断末魔の叫びを上げ、真っ二つになった異形は左右に分かれて倒れると、どろりと溶け始め、最後は黒い液体になって地面に染み込んだ。

ぶんと頭上で大鉈を回した男が、こちらを振り返る。

「ワン公——と、そっちのひょろっとした兄ちゃん、怪我《けが》はねえか？」

ひょろっとしたと表現されるのも頷ける、妖に負けない立派な体軀《たいく》をした彼のおかげで助かったのだ。

鎧《よろい》を纏ったかのごとき筋肉質な体軀。ざんばらな髪に大きな目。

「鉈弦《じゃげん》様のおかげで」

ウメが目礼して敬意を払ったことで味方らしいとわかるが、そうでなければ妖の次に排除されるのは自分たちではないかと疑っただろう。それほど目の前の男は強靭《きょうじん》で、恐ろしくさえあった。

「助か……まし……」

琳も礼を言おうと身体を起こそうとした。しかし、少しも力が入らず、頭を持ち上げることすら難しい。

「あれ……」

心臓はとりあえず大丈夫。なのに動けない。四肢が冷たく痺《しび》れたような感覚があり、まるでセメントで固められてでもいるかのようだった。

「どう、し……動か……」

手足がどうなっているのか見ようとしても、それすら叶《かな》わなかった。どういうわけか棒切れ同然になってしまっている。

「……琳」

ウメが顔色を変えた。

「だい、じょぶ」

大丈夫、いま立つからと言ったつもりだが、うまく言葉になっているだろうか。

「あー、こりゃあ駄目だな」

傍にしゃがみ込んだ銃弦が手首を掴んできたかと思うと、ぶらりと持ち上げた。

「あいつに突き飛ばされた衝撃で首がいったな。動くわけがねえ」

自分を見るウメの顔が瞬時に強張った。泣きそうにも見え、慰めるために頬に触れたいのに、それができない。

数時間前の追体験――やはりあれは夢ではなくリハーサルだったのか。せめてもの閻羅王の恩情だとしても、ウメにこんな姿は見せたくなかった。

ウメには格好悪いところばかり見られている。

「ウメ……そ、な、顔しないで。笑っ……」

不思議と胸の苦しさは遠退《とおの》いていた。普段ならうるさいくらいの雑音に閉口するのに、いまは普段より穏やかなくらいだった。

とん、とん、とゆっくり指先で宥《なだ》められているみたいだ。

「俺、ウメに会えて、よかった……ウメは強いし、可愛いよ」

ちゃんと伝わっているだろうか。こうなったことを悔やんではいないし、ましてやウメのせいではないと。

「だから――」

ウメも後悔しないで、と言いたかったが、いっそうゆっくり、静かになっていく鼓動のせいでうまく声が発せなくなった。

とん……とん……とん。

「琳！」

そんな顔をさせたいわけじゃないんだ。ウメはウメのままでいてほしい。そう言いたかったのに、ウメの顔も声も薄れていく。

「ウ……」

もう少しだけ。せめて名前を呼ばせて。

だが、いくら願っても難しい。どうやらここで運が尽きたようだ。

まもなく、琳の心臓は完全に動きを止めた。


琳の命の火が、いま目の前で消えようとしている。

長くはないと聞いていたし、本人にしてもその覚悟はあったようだが、いざ直面すると容易には受け入れられない。

琳はまだ若い。未来があっていいはずだ。

これからいろいろなことを経験して、大人《おとな》になって、ふさわしい相手と番《つが》い、ひとの親となる人生が。

琳のようなよい男がここで命を絶たれるなど、どう考えても間違っている。

「……琳。返事をしろ。おまえは、まだ生きねばならん。立派な大人になるべき男なのだ。なぜ黙っている。吾《われ》の声が聞こえんのか」

琳の肩に手をやり、身体を揺する。

「琳、なんとか言わんか。このまま、なんて……吾は認めんぞ」

普段はうるさいほどだというのに、いくら声をかけてもことごとく無視される。

「琳……琳」

「ワン公……だからさ、そいつはもう」

「琳」

すでに鉈弦の言葉は耳に入らなかった。ひたすら琳の名を呼びかけ続けた。琳が死んでしまうなどあってはならないことだ。

きっと吾を驚かそうというのだろう。

どうせすぐにまた目を開けて、「ごめん、ウメ」と謝ってくるのだ。

「琳！　早《はよ》うしろ。いまなら許してやるから」

だが、なにを言っても同じだ。だらりと四肢を投げ出した格好で目を閉じている琳はぴくりとも動かない。

「ワン公、おまえ……泣いてるのか」

「…………」

肩に手をのせてきた鉈弦へ目をやる。鉈弦であればふたたび琳の目を覚ましてくれる手立てを知っているのでは、と思ったからだが、差し出された手ぬぐいに首を傾《かし》げた。

「これは」

「涙を拭けよ」

「涙？」

それは、人間が流すものだ。人間は悲しくても嬉しくてもやたらと目から涙をこぼす。よくそれだけの水分が出せるものだと驚かされることもしばしばある。

「ほら、遠慮せずに使えって」

「………………」

ひどくぼやけて見える手ぬぐいや鉈弦の顔を見ようと、何度か目を瞬かせる。すると、ぼたぼたと目から雫《しずく》が落ちた。

「あ」

反射的に手で拭《ぬぐ》ったが、涙は止まるどころかいっそうあふれ出す。どうやって止めればいいのか手立てがわからず、途方に暮れる。

「おまえ、こいつのこと、よほど大事に思ってたんだな」

「そ……」

そんなはずはない。会ったばかりだ。

否定しようとしたが、塩辛い雫が口に入ってきてすぐに唇を引き結ぶ。ただの水ではないのかと、涙の味を初めて知るはめになった。

こんなふうに知りたくなどなかった。

「吾は……やはり認められんよ」

胸に手をやる。そのまま皮膚を爪で裂き、指を肉へと食い込ませていく。

「え……おまえ、まさか」

手首の近くまで入れ、体内をさぐると、指先に硬い感触があった。

「なにやってるんだ、早まるんじゃねえって、ワン公。勝手な真似《まね》をしたら、消えちまうだけじゃすまねえ。おまえ、どんな仕打ちを受けるか――わかってんだろ？」

鉈弦が信じられないとばかりに目を剝く。

わかっている。消えるのはさしたる問題ではない。ただ愚かな行為にはちがいなく、兄者《あにじゃ》は落胆するだろうと思うと申し訳ない気持ちになる。

「鉈弦様、どうか兄者に、不肖の弟ですまんと伝えてください。そして、閻羅王様にはお詫《わ》びとお礼を――」

「断る。見過ごすわけにはいかねえし」

鉈弦が腕を摑んできた。

力では到底敵《かな》わないが、泣き濡《ぬ》れた目で鉈弦を見据えた。

「琳はよい男なのです。こんなところで命を落とすなど間違ってます」

「けどよ」

「絶対に間違ってます」

「……おまえ」

つかの間睨《にら》み合う格好になる。が、やがて鉈弦は忌々《いまいま》しげに舌打ちをした。愚かな狗《いぬ》への憐れみなのか、

「これまで従順に務めてきたんだ。好きにすりゃいいさ」

腕から手を離すと、その一言で背中を向けた。

闇のなか、琳とふたり残される。琳は相変わらず穏やかな顔をしていて、まるで眠ったように見える。

けれど、その心臓は止まったままだ。琳のことだから、いま頃あの世で「しょうがないな」と笑っているかもしれない。なにしろ、最期の最期まで狗の吾を案じてくれるような愚かな男だ。

出会ったその瞬間から。

「……っ」

体内に埋め込まれた半球の珠《たま》を指で抓《つま》み、取り出す。玉虫色に輝くそれはもともとひとつの丸い珠だったが、二分して兄者と吾に分け与えたのは他の誰でもない、閻羅王だった。

本来なら兄者に返すのが道理で、いずれはと思っていたが、そうはいかなくなった。琳を救うには、どうしてもこの珠が必要だ。

同じように琳の胸を傷つけると、動くことをやめた心臓に埋め込む。

いくらもせずにそれは小さな鼓動を刻み始め、それにつれて青白かった琳の頬にも血色が戻っていく。

胸に耳を当て徐々に力強くなっていく心音を聞きながら、いつしかほほ笑んでいた。こんなあたたかな気持ちは初めてだ。

こういう気持ちをどう言い表すのか、よく知っている。

「幸福」

それを味わわせてくれた琳には感謝しかない。最期は琳に倣って、ごめんではなく、ありがとうと笑って言いたかった。

それから閻羅王。兄者。琳。背中を向け続けてくれる鉈弦にも。

「琳……達者で」

薄れていく意識のなか、屈託のない琳の笑顔が見えていた。

——ウメ、笑って。

——ウメは強いし、可愛いよ。

幾度となくそんなことを言ってくれるのは琳ひとりだ。ばかな奴、と笑顔の琳に告げ、ウ

メも一緒に笑う。

直後、四肢が崩れ落ち、自身が砂の塊となっていくのをまざまざと感じたのだった。


どれほどの刻《とき》が過ぎたか。積日、あるいは刹那か。

ふいに、意識が戻る。

あたりは真っ暗でなにも見えず、なにも聞こえない。まっすぐ立っているのか、斜めなのか、横になっているのかもあやふやで、広大な空間なのか、窮屈な箱の中なのかすらわからない場所だ。

明確なのは、ひとりだということ。

闇のなかに、たったひとりでいる。

完全な無の境地。

口を開こうにも、まるで縫いつけられたかのように貼りついている。いや、口だけではない。指先ひとつ、ほんのわずかも動かせないのだ。

唯一、思考だけがはっきりしている。

いっそなにも考えずにすんだらと思うほど、ここにはなにもなかった。

自ら役目を放棄した結果行きついた場所だとすれば、ふさわしいとも言える。

後悔はない。しかし、感傷は別だ。

兄者が嘆き悲しむ姿を想像すれば、罪の意識で胸が押し潰されてしまいそうだった。きっと兄者はいま頃、どうしてと怒りを空にぶつけ、涙に暮れているにちがいない。

双子であるがゆえに、兄者のことなら厭になるほどわかる。

心情を吐露し、許しを請えば、おそらく兄者は理解してくれるだろう。しかし、もはやその機会も失った。

どこまでいっても不肖の弟だ。

でも――。

もし刻を戻せたとしても同じ判断をする、それだけは確かだった。

過去のあらゆる出来事が脳裏を巡っていく。周囲は暗闇で、たったひとりだが、脳内は意外にも賑やかだ。

あらゆる任を果たす傍ら、兄者と語り合った。ときどき擦《す》れ違いざま、那笏《なじゃく》や鉈弦をはじめとする五部衆が声をかけてくれたこともあった。

閻羅王に与えられた任の合間に見た景色。どれほど誇らしかったか。多くの亡者を見届けてくるなか、彼らの深い想いに触れることもあった。

まるで書物の頁《ページ》を捲《めく》っていくように浮かんでは消えていく膨大な過去を眺めていたとき、

ある光景に意識を引き寄せられる。

四角い建物の中、窓辺にいる少年が一心に外を見ているのだ。なぜか目が合ったような気がしたが、無論有り得ない。ある種の人間がたとえ吾らを見ても、それは瞬きする間で、不明瞭だ。

目が合うなど――と困惑していると、あろうことか少年が笑いかけてきた。手を振りながら。

どうしてこんなことを思い出したのか。いや、どうして気づかなかったのか。

何度か死にかけたと琳は言っていたけれど、そのせいなのか。それとも他に理由があるのか。窓越しとはいえ、過去に琳と遭遇していた、それこそが重要だ。

笑顔で手を振る少年を見つめる。すぐに大人に連れられて窓際から離れていった少年が、名残惜《なごりお》しそうに何度も振り返る様が見えた。

――兄者。いま人間の童《わらわ》と。

――人間がなんだって？

結局、兄者には話さなかった。どう説明すればいいのか、わからなかったのだ。

きっと勘違いだと、その後は思い込んだ。

いまは確信している。あの少年は、琳だった。

琳は憶《おぼ》えているだろうか。むしょうに聞きたくなり、うっかり意識を脳内から周囲へ向ける。やはりそこにあるのは、深い闇だけだ。

ひとりきりだと幾度も実感する。ここには兄者も琳もいないと。

唐突に不安に襲われ、ぶるりと震える。すると闇が指先に絡みつき、ゆっくり肌を這い上がってきた。

生き物のごとく闇は身体に纏わりつくと、さらには内側へも浸食していく。

少しずつ、確実に闇に囚われていった。

たったひとり。

心中で呟いたウメは、胸中に重苦しさが広がっていくのを感じた。それが寂しさだと気づくまで、ずいぶん時間がかかってしまったが。

不変の冥府《めいふ》においてもっとも盛り上がるのは、新しい冥官が任命されたときだ。なかでもみなの耳目を集めたのは、七千年ほど前に閻羅王の愛妾《あいしょう》と噂《うわさ》された側近が輪廻《りんね》の輪に戻され現世に転生《てんしょう》し、先日無事復帰を果たしたとき。

そして、現在最強の名をほしいままにしている鉈弦が地獄へ召喚されたとき。

どちらも側近中の側近である閻羅王の五部衆《ごぶしゅう》であるため、冥官どころか獄卒《ごくそつ》に至るまで彼らの話題で持ちきりだった。

今回、閻羅王の使い狗の片方が消失したとなれば、当然大変な騒動になってしかるべきだろう。

しかし、獄卒どもは普段どおりだ。主な任が亡者の誘導であるせいか、それともその姿形のせいなのか使い狗は獄卒どもからとかく軽視されているのが主たる理由のようだった。

――使い狗の片割れが消えたらしい。

――だから？　そんなことより、どっちが先に罪人を殺せるか賭けようぜ。

という具合に。

反して、寄宿舎の落胆は大きい。それもそのはず、残された兄が弟の死を嘆き、夜ごと慟《どう》哭《こく》する声が寄宿舎じゅうに響き渡るのだ。

深い悲しみに暮れつつも、ふたり分の任をひとりでこなす姿に、五部衆はもとより冥官たちが同情するのは当然と言えば当然だった。

「あんなふうに泣かれちゃ、胸が痛むぜ」

さしもの鉈弦もため息をこぼす。最期の瞬間に立ち会った者の責務として、弟だった砂を持ち帰り、兄者にすべてを伝えた鉈弦にしてみれば、どうして止めてくれなかったのかと責められたほうがまだよかったのかもしれない。

「ふたりきりの兄弟だもん」

天樹《てんじゅ》が涙ぐむ。

玻琉《はる》も切なそうに胸へ手をやった。

「止められなかった」

めずらしく鉈弦も気落ちしている様子だ。ちっ、と渋い顔で舌打ちをする。

「うん。僕でも止められなかったと思う。だって、きっと初めての恋だったんだよ。好きなひとの命を救うために自分の……こんな純愛ある？」

とうとう天樹の目から涙がこぼれた。弟の気持ち、兄の悲しみ。どちらもわかるからこそだろう。

天樹がすすり泣き始めたのとほぼ同時に、兄者の悲痛な泣き声がやむ。そのわけを、天樹も玻琉も、もちろん鉈弦も承知していた。

いまや麻袋の中の砂となった弟を抱え、閻羅王のもとへ向かい、直談判するのだ。

兄が通い詰めるのを許しているのは、閻羅王にしても彼を哀れんでいるからにほかならない。

今夜もまた足を引き摺《ず》るようにして寄宿舎をあとにした兄は、閻羅王の執務室の扉を叩いた。

どんな用件であるかすでに承知しているにもかかわらず、前夜、もしくはその前夜と同じように閻羅王は入室を許可した。

「閻羅王様」

弟の入った麻袋を掲げる。

「お願いです。弟をもとに戻してください。珠なら、僕のを取り出して使ってもらって構いませんから」

砂となった弟を迎えた日から、同じ懇願をし続けてもう何夜になるか。

「ならぬ。一体で生まれ出て、珠をふたつに割ったことで二体となったそなたたちだ。弟を思う心情は痛いほど理解できる。しかし、手前勝手にひとに珠を与えた弟の罪はけっして軽くはないぞ」

幾度となくしてきた説明を、閻羅王は今夜も兄に向ける。

「弟の罪は兄である僕の罪です。でしたら、いますぐ僕も消してください」

兄の返答も同じだ。

「それも聞けぬ」

閻羅王の言葉に、兄は項垂《うなだ》れる。ふたたび麻袋を胸に抱えると、深々と一礼し、執務室を出ていった。

「しばし休暇を与えるしかないか」

お手上げだとばかりにため息をこぼした閻羅王に、傍に控えていた那笏が躊躇《ためら》いがちにかぶりを振った。

「彼がどう思っているかはわかりませんが、私だったら任を解かれた瞬間から生きる目的を失ってしまいます」

どうやらこれには閻羅王も納得したようだ。

「生きる目的、か」

顎《あご》を引くと、なにか考え込んでいるかの様相で黙り込んでしまった。邪魔をしないようにと那笏が静かに執務室を辞したことにも気を留めなかったくらいなので、閻羅王をして難題なのだろう。

精悍《せいかん》な面差しにはめずらしく迷いも見てとれる。

どれくらいそうしていたか、閻羅王がすっくと立ち上がった。執務室を出ると、そこには五部衆が顔を揃《そろ》えていた。那笏が呼んだわけではなく、自《おの》ずと集まったのだとみなの様子で明らかだった。

「めんどくせえなら、俺がぶった斬ってやろうか？」

は、と銃弦が不穏に笑い飛ばす。

「また極端なこと言って。それよりみんなで激励会とかどうですか。閻羅王ももちろん参加で」

天樹がそう続けた。

「それもどうかと思うのですが」

「では、放っておけばいいんじゃないですか」

口々に好き放題言う五部衆に、渋面の閻羅王が額へ手をやる。

「遠回しな皮肉か」

五部衆の代表として進み出たのは那笏だった。

「滅相もありません。ただ、半身をなくした彼の心情を思うと……方法があるのでしたら、恩情を賜《たまわ》ることはできないでしょうか」

那笏の訴えにみな同感なのだろう。真摯《しんし》なまなざしで閻羅王の返答を待っている。普段は適当な銃弦ですら、なんとかならないのかと言いたげだ。

「各々執務に戻るがよい」

結局、閻羅王はその一言で場を離れる。閻魔の庁をあとにし、向かったのは寄宿舎だった。

寄宿舎に一歩入ると聞こえ始めた悲痛とも言える泣き声に、いっそう閻羅王の顔が曇る。

確かにこれでは、寄宿舎全体に悲しみが満ちるのは致し方ない。

「いまよいか」

部屋の扉を叩くと、泣き声はやみ、泣き腫らした目の兄が姿を現した。

寝台には砂袋がある。おそらく胸に抱いて、泣き疲れて眠るまで砂となった弟に声をかけ続けているのだろう。

「お務めですか。申し訳ありません。すぐに伺《うかが》います」

頬は濡れているものの、気持ちを切り替えようという意思が双眸《そうぼう》には宿っている。那筋の言ったように、いまの彼は任に生かされている状態なのだ。

だが、それもいつまでもつか。

ある日突然、糸が切れるかのごとくその意思が失せたとしてもおかしくない。

「いつまでもひとりというわけにはいかぬ。新たな相棒が必要であろう」

閻羅王の申し出に、兄の頬が強張った。

「あ……ありがとうございます。ですが、僕たちは二体でひとつ。弟の代わりはいません」

どうやら閻羅王にしても辞退されるのを前提とした話だったらしい。

「そうよな。二体でひとつ。儂がそうしたのだ」

本来ひとつの珠を二体に分け与えたのは、他ならぬ閻羅王だった。此岸《しがん》と彼岸を行き来する任において、単体ではなにかと厳しいだろうとの配慮からで、これまではそれが功を奏してきたが。

一方が消えたいま、遺された者の喪失感はあまりに大きい。現に兄はひどくやつれ、もはや生きる気力を失って見える。

閻羅王が顔を曇らせるのは、多少なりともその責任を感じているためだろう。

「そういえば、弟はウメと名づけてもらったのだったな」

「……はい」

頷いた兄の唇が震える。哀しみのなかに、ほんの少しの安堵《あんど》が滲《にじ》んだ。まるでそれだけが救いだったとでも言いたげなその様子に、閻羅王の表情も幾分やわらぐ。

「サクラ」

ふいに閻羅王が呟く。

唐突なようで、そうではなかった。

「そなたの名だ。サクラというのはどうだ？　兄がサクラで弟がウメ。よいとは思わぬか？」

「……サクラとウメ」

半ば虚《うつ》ろだった兄の双眸が一瞬、喜びに輝く。

その顔を確認し、頷いた閻羅王はさらに言葉を重ねた。

「そなたたちはこれまでよく務めてくれた。感謝する」

労《ねぎら》いの言葉を投げかけると、たったいまサクラという名を拝した兄の胸に手をやる。兄はこれから起こることを察したのか、両目いっぱいに涙を溜《た》めた。

「ありがとう……ございます」

「礼には及ばぬ。本来なら避けたかったが――儂にはこれくらいしかできぬ」

冥府の王といえども、砂となった者を元通りにはできないという意味だろう。仮に砂を使って一から狗を作ったとしても、それはすでに弟ではない。

「そなたたちにとって吉と出るか凶と出るかは儂にもわからぬ。許せ」

閻羅王はそのまま指を兄の身体のなかへ深くもぐらせ、玉虫色に輝く半球の珠を取り出すとさらにふたつに割り、一方を兄の手に握らせ、もう一方を砂袋へ入れた。

「あとは、ふたりの幸運を願うばかり」

そして、目を閉じたサクラの腕に砂袋を抱かせ、兄弟揃って輪廻の輪へ。

四分の一の欠片《かけら》となった珠には、サクラとウメ、ふたりが現世でも巡り合えるように、迷わないようにという閻羅王の心からの思いが込められていた。


「いってきます」

誰もいない一人暮らしの部屋へ声をかけ、出勤のため琳はマンションをあとにする。

小学校の教師になってすでに七年。

今年の春から五年三組の担任を任されて、早三か月。

去年までは低学年を受け持ち、全科目教えていたが、希望がとおり五、六年生の算数専任となった今年、新任の頃が戻ってきたような心境に駆られていた。

五年三組の児童たちとはもちろんのこと、他のクラスの児童ともコミュニケーションをとる必要がある。授業を円滑に進めるにはまずは児童との意思の疎通が大事だと、七年間の教師生活で琳が学んだことだった。

もっとも子どもたちは、大人よりも順応力が高い。

五年生に上がると同時に始まる専任教師の授業にも、すぐに慣れたようだ。高学年になったという意識も高まり、みながまとまってきたという実感がある。

他者より三年遅れの人生だったが、大人になる前に命が尽きると宣告されていた身からすれば、いたって健康的な生活を送っている。上々と言っていいだろう。

おかげで身長も五センチ伸び、ひょろりとしていた体格もずいぶん改善された。少なくともいまの自分を見て、ひ弱などと言う者はいない。

梅雨空《つゆぞら》のもと、車で一時間半ほどかけて職場へ向かい、まずは職員室のドアを開けた。

「おはようございます」

出勤時刻は各々およそ決まっていて、いつも琳は三番目だ。出勤簿に判を押したあと連絡事項を確認する。その後授業の準備をしているうちに続々と教員たちがやってきて、八時半から朝の会議が始まるが、特に問題がなく、行事が控えていなければものの十分足らずで終了となる。

ここまではほぼルーティンワークだ。

一方、教室だとそうはいかない。子どもたちはこちらの想定外の言動に出るため、同じ日は一日もないと言っても過言ではなかった。

「おはよう。みんな、席について」

出欠確認を兼ねたホームルームでは、短い間にも児童たちの個性が出る。やんちゃな子。明るいムードメーカー。利発なリーダータイプ。何事もこつこつと積み重ねていく堅実家。ひとりひとり特徴があり、クラスとして成り立っているのだ。

当然教師もクラスの一員なので、病気で他者より三年遅れた事実は初日に児童たちに伝えていた。

「さあ、授業に入るよ」

水曜日の一時間目はそのまま算数の授業に移る。教科書を開いてすぐ、最前列に座っている児童が右手を高々と挙げた。

「せんせー、この前の続き話して」

どうやら彼は代表で挙手したらしく、周りの児童たちも期待に満ちた目を向けてくる。なんの話であるか、もとより問う必要はなかった。

「あー……じゃあ、今日勉強する予定のところまで終わってから、続き話そうか」

約束して、通常の授業を始める。前回は脱線しすぎたな、と苦笑しながら。

忘れもしない、あの夜。

異形に襲われた自分はおそらく命を落とすはずだった。しかし、いったいなにがどうなったのか、目覚めると病室にいた。

打ち身等怪我はあったものの、それ以外は健康そのもの。なぜか持病も完全治癒し、いたって健康と担当医からお墨付きをもらった。

担当医も驚いたようだが、一番は両親だ。奇跡が起きたと涙を流して喜んだ。

確かに、傍《はた》から見れば奇跡だろう。だが、琳自身は人並みになったと手放しで喜ぶ気にはなれなかった。

あれから十年。

ウメと会えなくなって、今年で丸十年になる。

あの夜の記憶は不鮮明だ。この十年、なんとか思い出せないかと当日の出来事を脳裏で反《はん》芻《すう》してきたが、ほとんど進展はない。

異形に襲われたところでウメが現れ、助けられた。それは間違いない。寝ころんだ自分を見下ろしてくるウメに懸命に話しかけたという記憶もある。一方で、なにを話したのかについては曖昧で、不明瞭だ。

ただ、ウメと何度も呼んだ。

そして、琳と呼ばれたような気もしている。

これがなにを意味しているのか、なにがあったのか、想像することはそれほど難しくはなかった。

おそらくあのとき、助かったばかりか健康な身体になったのは奇跡でもなんでもなく、ウメがそれを望んだからだ。

その証拠に、あの夜からウメは忽然《こつぜん》と姿を消した。

十年間、何度も神社に通ったし、いまも定期的に訪れている。勤務先である学校の近くに引っ越しはせず、学生の頃と同じ部屋に住み続けているのも、ひょっこりウメが帰ってくるのではと淡い期待を捨てきれずにいるためだ。

いっそ古井戸に飛び込んでみようかと思ったが――望み薄だとわかっていた。なによりばかな真似をして命を落としでもしたら、本末転倒だ。二度とウメに会えなくなる。

せっかく救ってもらった命を無駄にはできない。

ウメにまた会えたときには、「俺はずっと会いたかったよ」「ウメを待ってたんだ」真っ先にそう言うと決めていた。

「じゃあ、さっき配ったプリントは今週中に提出してください。大事な計算問題だから、じっくり取り組んでな」

はーいと元気な声に頬を緩めたところで、みなが声を揃えてリクエストしてくる。「この前の続き」の話だ。

一時間目の終了時刻にはまだ五分ほどあるのを確かめてから、きらきらしたいくつもの瞳に頬を緩め、口を開いた。

「前にも話したと思うけど、先生は学生時代に都市伝説研究会っていうサークルに入っていたんだ。この国には昔から不思議な話がたくさんあるだろ？　そういう話にはおおもとになる『なにか』がある、ってみんなでそれを考察するの」

「トイレの花子《はなこ》さんとか」

前列の児童がすかさず声を上げる。

「うん。トイレの花子さんもそうだし、天狗《てんぐ》の伝説とかもね。あと、閻魔様」

授業よりも熱心に耳を傾ける子が多いのは、小学生ならではかもしれない。年齢を重ねると、妖怪なんて漫画のなかだけの生き物だと笑う。

「妖怪と幽霊ってちがうの？」

そう言った女子児童に、

「ちがうよ。幽霊は、死んだひとじゃん」

隣の席の男子児童が答える。

するとほかの子が、シーっと唇に人差し指を当てた。

「黙って。先生が妖に会ったかもしれない話を聞くんでしょ」

途端にみなが口を閉じる。

先日は、子ども時代にしていた空想の話をした。そして、大人になって現れた「かもしれない」ウメのことも。

現れたと断定しなかったのは、誰もが等しく経験できるわけではないからだ。琳自身がウメと出会えたのは幸運以外のなにものでもなくて、その幸運を味わえるのはきっとわずかな者に限られる。

「その夜先生は、何者かに襲われたんだ。とても大きくて、強くて、まるで鬼みたいに見えた。先生が鬼にやられそうになったとき、突然青年が現れた。俊敏な犬に変身した彼は、小柄な身体で鬼に立ち向かって守ってくれた」

どうやら子どもたちは「犬」の部分に引っかかったらしい。

「でも、なんで犬？　変身するならもっと大きい動物のほうがよくない？　象とかサイとか。犬じゃ負けちゃう」

「そんなことないよ。犬は強いんだ。ほら、神社の入り口にも二匹、いるだろ？」

「狛犬《こまいぬ》！」

「そう。厳密には獅子《しし》と犬に似た生き物なんだけど、守護獣なんだ」

子どもたちの知識欲には驚かされる。狛犬から阿吽《あうん》やシーサーの話題にまで発展する。とても五分程度では足りない。

「そうだな。次の学級会でもっとこういう話をする？」

チャイムに阻まれて不満そうな児童たちに提案すると、すぐに賛同が返る。特にテーマがなかったのが幸いし、あっという間にみなで議題を決めていく。

「算数のプリントもちゃんとやること。これで授業は終わりです」

挨拶をしたあと、教室を出てまっすぐ職員室へ戻る。次の授業の準備をし始めたタイミングで、そういえばと隣席の同僚が水を向けてきた。

「先生のご近所、立ち退きの話があるんですね」

彼の実家は琳がよく利用する最寄り駅付近にあるというので、たまに地元の話題で盛り上がる。立ち退きの件は先日琳も小耳に挟んだ。

「みたいですね。大きな道路が通るとかで」

「そうそう。うちの実家は関係ないですけど、先生のところはどうかなって」

「うちも関係ないですね～。大家さんからなにも聞いてないですし」

「半分だけって家もあるらしいですよ」

「それは大変」

当事者ではないぶん、気楽に雑談をする。しかし、次の一言にはあからさまに動揺してしまった。

「そういえば神社も、立ち退きの機会に移転するか、閉鎖するかって話が出てるんですよね。神主さん、高齢だから」

「――え」

反射的に椅子《いす》から立ち上がる。

「青天目先生？」

「あ、すみません」

すぐさま座ったものの、やはり戸惑いは禁じ得なかった。

移転するにしても閉鎖するにしても、立ち退きとなれば古井戸は埋められるだろう。とすれば、冥府との行き来はどうなってしまうのか。

「こちらこそすみませんでした。邪魔しちゃって」

「いえ」

同僚が席を立ち、ここで雑談は終わる。琳は、考えても仕方がないことでぐるぐると頭を悩ませた。

神社に通ったところで十年会えなかったのだから、もはや古井戸は単なる古井戸になってしまっている可能性も大いにある。が、他に頼みの綱がない以上、自分にとっていまの話は重要だ。

十年会えずにいても、古井戸がある限り、明日はひょっこり現れるかもしれないと期待を抱いていられる。

今回の立ち退きで古井戸が埋められたら、どうすればいいのか。なにに希望を見出せばいいのか。

別の出入口を探そうにも、たったひとつの手がかりすらない。だとすれば、ここがあきらめ時だということか。

「……無理」

ぼそりと呟いた琳は、途方に暮れて天を仰いだ。同時に、途轍《とてつ》もない不安に駆られる。古井戸がなくなれば、細い細い繋《つな》がりも失われてしまう。自分にできるのは、ここで区切りをつけるか、ただ漫然と待ち続けるか、どちらかだ。

ウメとの繋がりが、なにもなくなった場所で。

ため息を押し殺し、次のクラスの教壇に立つために椅子から腰《こし》を上げる。職員室を出て、廊下を歩く間、少しずつ自身と現実が乖離《かいり》していくような感覚に囚われていた。

ばかばかしいと承知していながら、その感覚が正しいような気すらしてくる。

ここにいるのはもうひとりの自分の空想で、実際は、十年前のあの夜に死んだのではないかと。

神社が立ち退きになると聞いただけでこの体たらくだ。十年待ったのだから、いつまでも待つ覚悟はしていたはずなのに。

「…………」

とりあえず授業に集中しなければ。

ぱん、と両頬を叩いて気合を入れると、重い気持ちのまま琳は教室へ急いだ。

大人になってからの年月は早い。
一、二年なんてあっという間だ。待つ年月は永遠にも感じる一方、日々のめまぐるしさに一日一日が流れていくような感覚があった。
神社が移転してからは特にそうだ。古井戸だった場所には予定どおり道路ができ、その道路沿いにはカフェやコンビニ、スーパー等が建ち並んだことによって以前の街並みとはすっかり様変わりした。

どこまでが現実でどこからが想像、願望なのか、もはや境界線があやふやになるほどに。

でも——。

首筋を風が通り抜けていくような心許なさを覚えても、まだひとつ、自分には確かにウメがいたという印が残されている。

胸に縦に走った三センチほどの小さな傷痕。

いまはそれが唯一の拠《よ》り所《どころ》だ。

なぜ胸に傷ができたのかはわからないが、唐突に現れたそれがあの日の出来事と無関係だとは思えなかった。

そのため、神社に通えなくなったときに区切りをつけることも無理だった。ほんの数日であっても、ウメと一緒にいた時間を忘れるなどできるはずがない。

会えずじまいの十年が過ぎ、今年、十四年目になってもその気持ちは続いている。

三十七歳となった現在も。

「仕事は忙しいの？」

相変わらずの日々を送るなか、久しぶりに実家に戻り、両親とともに食卓を囲んだ。トマトやオクラ、挽き肉《ひにく》をのせたビーフンは蒸し暑い日にはぴったりで、子どもの頃から昼の食卓によく上がった。

「ぼちぼちだね」

「あなた、いまいくつだったかしら」

「……三十七だけど」

唐突な質問に、もしかしてと身構えたところ、案の定だった。

「そういえば、小学生のとき同じクラスだった沢村《さわむら》さんちの圭太《けいた》くん。憶えてるでしょ？」

父親が、やめておけと言いたげに母親にアイコンタクトを送る。しかし、それくらいで母親の口を封じるのは難しい。

「いま仕事で九州に住んでて、もう幼稚園生と二歳の子どもがいるんだって」

「――へえ」

この返答はお気に召《め》さなかったらしい。母親の肩があからさまに落ちる。

他にどんな反応をすればいいかわからず、琳は頭を掻いた。

「もう、のんきなんだから。あなた、誰かいいひといないの？　一生ひとりでいるつもりじゃないんでしょう？」

直截《ちょくせつ》な問いかけには苦笑いで応じるのが精一杯だ。

母親の心情は理解できる。いつ死んでもおかしくなかった息子が、ある日突然健康体だとお墨付きをもらったのだ。これまで母親としてあきらめていた夢や将来の展望を語りだすのは致し方ないことだろう。

最近では、結婚もまだのうちから孫の話まで出てくるようになった。

「あー……まあ、いまはいないかな」

母親がため息をつく。

「ずーっといないじゃない。琳、あなた、そんなにモテないの？」

また苦笑いをする。自分の場合は、モテるモテない以前の問題だ。

「そんなことないわよね。だって、村井《むらい》さんところの早紀《さき》ちゃん、琳のことタイプだって言ってたわよ」

「早紀ちゃんって、高校生だろ」

いまにもどう？　と言い出しかねない様子の母親に慌てて釘《くぎ》を刺す。だが、その後の一言には背筋がひやりとした。

「琳は若々しくて、大学生みたいだって」

「母さん」

デリケートな部分まで踏み込み過ぎだと思ったのか、窘《たしな》めた父親に、まだなにか言いたそうな顔をした母親も渋々ながら納得する。いや、納得はしていないかもしれないが、この話題を続けるのはあきらめてくれたようだ。

「そうね。元気でやっててくれればいいわ」

「その点は大丈夫だから安心して」

とりあえずほっとし、ビーフンを食べ終えると食後のコーヒーを飲む間、父親と仕事について話をする。

その傍ら、大学生か、と薄々自覚していたことについて考えた。

若く見えるとやたら周囲に言われ始めたのは、三十を過ぎたあたりからだ。新任で入ったときとまったく変わらなくて羨ましいと同僚の軽口程度であれば、さほど気にならなかっただろう。

しかし、最近では児童たちの口にものぼりだしたとなれば冗談ではすまされなかった。

――青天目先生と安田《やすだ》先生が同じ歳《とし》って、みんなが言うんですけど、嘘ですよね。

先日、転校生がわざわざ廊下で呼び止め、聞いてきた。同じ歳だと答えると、からかわれたのかと思ったと彼女は心底驚いた表情をした。

――少なくとも十歳はちがって見えます。

どうやら褒め言葉のつもりだったらしいが、その一言でこれはいよいよ真剣に考える必要がありそうだと悟った。

仮定の段階とはいえ、もしものときを想定しておくべきだと。

実際、つい先日久しぶりに会った大学時代の友人に、おまえはおかしいとあまりの変わらなさをいじられた。

同じテーブルにつく父親を窺《うかが》う。そして、キッチンで皿洗いしている母親も。

ふたりとも順調に歳を重ね、年齢相応に見える。

ふたりにはきっと心配をさせるはめになる。苦い気持ちに駆られつつもそのときが迫っていることを琳は漠然とながら感じていた。

なぜ自分だけ時間が止まったような見た目になったのか。

心当たりはひとつだった。実際に時間が止まったからだ。

十四年前のあの夜、おそらく自分は一度死んだ。なんらかの方法で生き返ったせいでこうなっているのだろうが——なにより恐れているのはそれがウメが消えたことと関係があるのではないかということのほうだった。

「…………」

有り得るだろうか。

閻羅王が果たしてそれを許すかどうか、思案するまでもない。

……でも、ウメが勝手にやったとしたら？

ぞっとする考えをすぐに頭の隅に追いやる。この十四年、厭になるほど考えては打ち消してきたものの、最近はその疑念が膨らむ一方だ。

もしかして自分はウメの命をもらったのではないか、と。

「…………」

駄目だ。考えるな。

「……俺、ちょっと出てくる」

椅子から腰を上げ、食後の運動という名目で家を出る。メイン通りとなる道路が通ったことで近くにショッピングセンターが誘致され、実家の付近もずいぶん賑《にぎ》わいを見せている。

当時とはすっかり変わった街の風景を目にして数年たつというのに、いまだ違和感を覚えるのは、見た目だけではなく自分のなかでも時間が止まってしまっているせいだろうか。

道路沿いを自宅のあるほうへ向かって歩き始めて、二十分ほどでかつて神社があった場所へと到着した。

沿道に並ぶポプラの木へ歩み寄っていった琳は、

「わかっていたのに」

自嘲ぎみにぼそりとこぼした。

古井戸は埋められ、ポプラの木が植えられた。

ここへは何度も足を運んで、その事実を確認しているにもかかわらず、もしかしたら突如古井戸が現れるのではないかとばかみたいな希望を抱いている。

ここまでくると子どもの頃の空想と同じだと重々わかっていても、まだあきらめきれない。

「ウメ」

過去、ウメと過ごした時間を脳裏によみがえらせる。

ウメを連れ帰ったときには、特に深く考えていなかった。どことなく既視感を抱きつつも可愛い生き物が怪我を負っている、大変、ただそれだけだった。

ここまで引き摺るはめになるならやめておけばよかった、と悔やめればどんなにいいか。もしいまの記憶を持ったまま十四年前のあの夜に戻ったとしても、やはり同じ選択をするに決まっているのだ。

何度でも。

わ、と耳に届いた子どもたちの声に我に返った琳は、ポプラの木から前方へと視線を向ける。行事でもあったのか、日曜日にもかかわらず小学生が数人、集団下校のさなかだった。白いリボンのついたお揃いの紺の帽子を被《かぶ》り、ブレザーに半ズボン姿の子どもたちを見て、自然に頬が緩む。

現在琳が受け持っているのは六年一組だが、歩いている子たちはクラスのみなよりずいぶん幼く見える。二、三年生くらいか。

「気をつけて帰ってな」

思わず声をかけると、子どもたちが一瞬、目を瞬《しばた》かせる。

警戒心を示すのは正しい。常日頃から知らないひととは話さない、ついていかないと学校で指導されているはずなので、その成果とも言える。

母親にケーキでも買ってから戻るか、と思いつつ通り過ぎていく子どもたちを見送った、直後だ。

最後尾の男児が傍を通った瞬間、急に胸の奥が熱くなる。鼓動も速くなり、ずきずきと一点が疼《うず》き始めた。

戸惑いつつ手のひらを胸にやったとき、今度はつんと鼻の奥が痛み始める。じわりと涙が滲んできたことに狼狽《うろた》え、すぐさま目頭を指で拭ったが、いっこうに冷静になれそうにない。

いったいなにが起こったのか――。

「うわ……っ」

しかもそれだけでは終わらず、無意識のうちに男児の手を摑んでしまっていたらしく、少年の丸い目がこちらへ向けられているのだ。

図らずも見つめ合う格好になった次の瞬間、琳の頭のなかにまるで洪水のごとく過去の記憶が流れ込んできた。

あの夜の出来事も。

あのときなにがあったのか。

神社で強力な異形に襲われた。そこへウメが現れ、助けてくれた。鉈弦という屈強な男とともに。

——……琳。返事をしろ。おまえは、まだ生きねばならん。立派な大人になるべき男なのだ。なぜ黙っている。吾の声が聞こえんのか。

そうだ。あのとき自分は異形の手にかかった。薄れていく意識のなかでウメと鉈弦の声を耳にした。

——鉈弦様、どうか兄者に、不肖の弟ですまんと伝えてください。そして、閻羅王様にはお詫びとお礼を。

そう言ったウメに、見過ごすわけにはいかないと鉈弦は答えた。

——琳はよい男なのです。こんなところで命を落とすなど間違っています。

——これまで従順に務めてきたんだ。好きにすりゃいいさ。

「……ウメ」

どうして忘れていたのか。

ウメは奇跡を起こしたわけではない。やはり身代わりになったのだ。

これまで目を背けてきた事実を悟り、血の気が引いていく。疑念はあったのに、漫然と過ごしてきた自身の愚かさにぞっとした。

あらたな涙があふれる。が、めそめそとしている場合ではない。あのときなにがあったのか、詳しく知らなければならない。どれほど怖くても。

袖口《そでぐち》で目を拭いて、不審がられるのは承知で男児に話しかける。案の定警戒心をあらわにした彼は、傍にいる同じ顔をした子の背後に隠れてしまった。

「……ウメ」

そうか。きっとそうにちがいない。目の前の児童はウメと兄者だ。

やっと見つけた。

「知らないお兄さん」

足を止め、集団から離れた双子が琳を見上げてくる。

「お兄さんは誰ですか」

大きな目でじっと見つめて問うてくるのが、兄者だ。ウメは兄者の後ろで睫毛《まつげ》を伏せている。

生まれ変わっても、ウメはウメだ。しっかりと握られた兄弟の小さな手がなによりの救いだった。

「俺は、青天目琳です」

膝《ひざ》を折り、目線を合わせて名乗る。

「なばため、りん……なばためりんだって」

背後の弟に言い聞かすようにくり返した兄者に、今度はこちらから問うた。

「きみたちの名前を教えてもらえますか？」

兄者が小首を傾げて迷うようなそぶりを見せたのは、短い間だった。おそらく数秒だろう。琳にはじれるほど長く感じられたが。

「僕らは犬束太郎《いぬつかたろう》と士郎《しろう》と言います。双子なので、ふたりとも八歳です」

利発な子だ。

思わず頭を撫《な》でたくなったけれど、それをやったらそれこそ不審者だろう。代わりに笑みを向けると、背後のウメ――いや、士郎へ目をやった。

上目遣いで窺ってきた士郎は、視線が合うと慌ててまた下を向く。そういえばウメも前髪で目元を隠して、けっして見せようとはしなかった。

「太郎くんと士郎くんは――」

近所に住んでいるのかと、まさに警戒させるような質問をしようとした琳だが、そうするより先に前方を行く友人たちの声が割り込んだ。

「なにやってるんだよ」

集団下校である以上、みなで揃って帰るのがルールだ。

「ごめんね」

足止めしたことを謝罪する傍ら、琳は昂揚を覚えていた。

本音を言えば、いますぐにでも話したい。自分がわかるか、どういう経緯でこうなったのか。そもそもあの夜、正確にはなにがあったのか、問いたいことは山ほどある。

ずっと捜していたんだ。どんなに俺が会いたかったかわかる？　やっと見つけた！

迷わず告げて、抱き締めたかった。

とはいえ、いまさら焦ってもしようがない。

士郎は子どもだし、戸惑っているようなので少しずつ距離を縮めていくべきだ。十四年も捜していたのだから、ここはぐっと堪《こら》えよう。

自身に言い聞かせる。

だってもう焦る必要はない。ウメは毎日登下校でこの通学路を使うのだから、その気になればいつでも会える。

なぜいままで気づかなかったんだろう。こんなに近くにいたのに！

いろいろな感情がない交ぜになり、落ち着くために琳は一度深呼吸をした。

「さようなら」

太郎がお辞儀をし、行こうと士郎を促す。俯《うつむ》いたまま一度は兄と一緒に去ろうとした士郎が、数歩進んだところで立ち止まった。太郎と会話をしたあと、こちらへ戻ってくる。

「……さよ……なら」

俯いたままそう言ってきた士郎に、手が伸びてしまったのはどうしようもなかった。その場にしゃがんだ琳は頭に手のひらをのせた。

「わ」

「あ」

驚いたのは自分だけではなかった。これまでまともに視線を合わせてくれなかった士郎が顔を上げ、大きな目でこちらを見てきた。

「……ペンダントが」

制服の上から胸を押さえて。

その理由は琳もよくわかっている。なにかが共鳴しているのだ。さっきよりも熱くなり、存在を主張する。まるで喜んでいるみたいだと思ったのは、きっと勘違いではないはずだ。

それだけではなかった。

「……青天目、琳」

琳の名前を口にした士郎の大きな目が見る間に潤み、ぽろりと雫が頬を伝った。士郎の涙に狼狽えた琳はおろおろとするばかりで、なんの役にも立たない。

「なにをやってるんですか！」

すぐさま駆け寄ってきた太郎が立ちはだかった。

「士郎を泣かせるなんて――許しません！」

弟を守ろうとする姿勢は、当時のままだ。ウメは兄者を慕い、兄者はウメを守ろうとする。

双子の絆《きずな》の強さは姿形が変わろうと一貫している。

「ちが……どうしてか、勝手に」

太郎にそう言った士郎は涙をハンカチで拭い、恥ずかしそうに頬を染めた。眉《まゆ》をひそめた士郎は、思案した後、こちらを睨みつけたまま切り出した。

「泣かせた理由を聞かせてもらいます」

「理由……いま？」

「集団下校中なので、明日。僕たち振替休日なんです」

「もちろん」

即答したあとで、はたと気づく。明日は学校があるため、会うならどうしたって夕刻以降になってしまう。相手は小学生だ。さすがにそんな時刻から連れ出すのはまずい。

「あ、でも、仕事が」

となると次の土曜日まで待つしかなさそうだ。苦渋の思いでそう答えると、思いもよらない提案をされる。

「じゃあ、お仕事帰りにうちに来ますか？」

「え、いいの？　ご両親は——」

「大丈夫です。うまく話しておくので」

そう言って、自宅の住所を告げてくる。琳の実家とそう遠くない場所だ。教師として、無闇に名前や住所を教えてはいけませんと注意すべきだが、もはや立場など二の次だった。

「わかった」

ありがとうと礼を言うと、太郎が照れくさそうに唇を尖《とが》らせる。その後、

「行くよ、士郎」

今度こそみなのもとへ戻っていった。ふたりの後ろ姿が見えなくなるまでその場に立っていた琳は、叫び出したいような衝動に駆られ、堪えるのに苦労した。

その代わりに、ぐっとこぶしを握る。自宅へ帰ってひとりになったら、ひとまず存分にこの奇跡に浸るつもりだった。

「太郎と士郎か。いい名前だな」

足取りも軽く帰路につく。途中、ケーキのことを思い出したが、心はすでに明日の件でいっぱいだった。

実家の近くまで戻ってきた琳は、門の前に立っているスーツ姿の男を見て、あ、と声を上げた。

「篁《たかむら》さん！」

篁は当時とまったく変わらず、無表情で黙礼すると眼鏡《めがね》のフレームを指でくいと上げた。

「ご無沙汰してます」

駆け寄った琳も会釈をし、はやる気持ちを宥めつつ口を開く。

どこから話せばいいのか。

「俺、篁さんのこと捜したんです。でも、まったくわからなくて。興信所に頼むわけにもいかないし」

ひと息でそこまで言い、さらに言葉を重ねた。

「じつは、たったいまウメとお兄さんに会いました。会えなかったはずです。ウメ、八歳の子どもになってました」

転生したのだとすると、現在のウメは正真正銘人間だ。

それを篁に確認しようとしたところ、その前に用件を告げてきた。

「一緒にいらしてください。断ってもいいですよ」

まるで断ってほしいとでも言いたげだ。

琳が思案したのは一瞬だった。他愛のない用件でわざわざ篁が足を運んでくるはずがない。このタイミングにも意味があるはずだ。なにしろ十四年間、一度も現れなかった篁がわざわざ足を運んできたのだから。

「断りません」

「そうですか。では、このまま行きましょう」

「はい。あ、すみません。その前に一本電話させてください」

篁に告げ、急用ができたと母親に連絡を入れた。

『お仕事？』

「あー、うん。明日テストの採点が残ってたのを思い出して」

近々また顔を出す約束をして短い電話を終えた琳は、篁に促され、路肩に停められた車に乗り込む。

黒いセダンは、喪服みたいなスーツの篁にはよく似合っていた。

「いい車ですね」

狭い空間でふたりきりになると途端に気まずさを味わう。もともと愛想のいい男ではないが、どうやら機嫌が悪いらしいと察し、口を閉じた。触らぬ神に祟《たた》りなし、だ。

しばらく走ると、一軒家が建ち並んだ小さな町に入る。都心から離れたそこは喧噪とは無縁で、古くから続いている町のようだった。木造の公民館の掲示板にはお知らせの紙が貼られ、その向かいにある公園には祖母と母、子どもと三世代の睦《むつ》まじい姿が見える。

昔ながらの商店、その隣に定食屋。保育園。小さな神社。

篁が車を停めたのは、とある骨董店《こっとうてん》の前だった。

「ここですか？」

問う間にも外へ出た篁に続き、琳も降車する。

「『青嵐《あおあらし》』」

暖簾《のれん》に書かれた店名だろう文字を読み上げる間にも、篁が足を進めたのは店の入り口ではなかった。慣れた様子で裏手にある庭へと向かう。

庭と言ってもあるのは松一本と池のみだ。家主は店に出ているのか、それとも留守なのか、縁側から続く障子の向こうは誰の気配もない。

「あの、勝手に入っても大丈夫ですか?」

ついさっきまで晴れていたというのに、いつの間にか空には雲が張り出している。古風な雰囲気の庭と相俟《あいま》って、やけにムードたっぷりだ。

個人宅にあるのだからそれほど深いはずはないのに、上から覗くと池はどこまでも昏《くら》く、底なし沼を連想させた。

「いまはここが一番近いので」

答えになっていない返事をした篁が、池の縁石に足をかける。

「え」

まさかと思ったときには、池に飛び込んでいた。

「……な、なにやって……」

その先は言葉が出ない。通常では有り得ない光景に息を呑《の》み、ただ茫然と見つめるだけになる。

それもそのはず、せいぜいスラックスが濡れる程度だろうと思われた篁は渦を巻き始めた池に吸い込まれ、すぐに頭が見えなくなった。篁が消えると水面のうねりはおさまり、もとの昏い池になる。

何事もなかったかのように静けさを取り戻した。

「古井戸と同じってこと？」

ここが一番近いという篁のあの一言は、そういう意味だったのか。驚いたし、不安もあるにはあるが、立ち尽くしていてもしようがない。

意を決して大きく息を吸い込み、肺を空気で満たした琳はぎゅっと目を閉じ、池へ飛び込んだ。

冷たい水が身体に絡みつく。より深く誘い込まれ、いつまでも沈んでいく感覚がある。薄目を開けてみると周囲は真っ暗でなにも見えなかった。

「……うう……ぷは」

呼吸が続かず、苦しさのあまり口を開けてしまう。が、覚悟していた苦しさはなく、ただ暗闇のなかを下降していくばかりだった。

どれくらいそうしていたか、ふと気づくと両足が地面についていた。いつの間にか暗闇の隧道《すいどう》に立っていて、どちらへ進めばいいのかと周囲を見渡す。

「こっちです」

前方から篁の声がして、ほっとしつつ駆け寄った。真っ暗な隧道で黒いスーツを着た篁はいまにも掻き消えてしまいそうだったが、とりもなおさずそれは彼が普通の人間とはちがうという証明でもあった。

俺も、か。

普通の人間ならこんなところには来られるはずがない。

いつまでも終わらない長い隧道を進んでいると、いきなり視界が開ける。

目の前には、以前にも見た長い行列。

死者の列を横目に篁のあとについて先頭に出ると、天を突くほど大きな門を通る。二度目であってもついきょろきょろと周囲を見回しながら、琳は目の前にある豪奢《ごうしゃ》な館——世に言う閻魔の庁だ——の中へ入った。

遙か前方の法壇にいる美丈夫こそかの閻羅王だ。

「連れてきました」

法壇の前で、恭しくこうべを垂れた篁に倣う。

なぜ自分がこの場に連れてこられたのか。理由はなんであれ、ウメと会ったことが関係しているのは確かだ。

「そなたの持つ珠が引き寄せたのか、早くも邂逅《かいこう》したようだな」

鼓膜が震えるほど圧倒的な閻羅王の一言に、覚えず胸を手で押さえる。珠がなんであるかはさておき、自分が普通に暮らせているのはそれのおかげだと確信した。その珠はもともとはウメの持ち物で、あのとき身を挺《てい》して助けてくれたのだと。

「ひとりでは寂しかろうと、珠をふたつに分けたのは儂だ。儂には、あれらに命を与えた責務がある。いま、あれらは生をやり直しておるのだ。そなたが不用意に関わってもらっては困る」

閻羅王がなにを言わんとしているのか、理解しているつもりだ。閻羅王から見れば、琳の存在は想定外、規律を乱す厄介者同然だろう。

「ですが」

琳自身も、このまま引き下がるわけにはいかなかった。

「俺のなかにウメの珠があるんですよね。そのおかげで生かされているなら、俺はもう普通の人間ではありません」

子どもの頃からずっと心臓に爆弾を抱えて生きてきて、常に死と隣り合わせだった。なのに突如人並み以上に健康になったばかりか、肉体的な若さはすでに異常なまでになっている。友人知人どころか、親に会うのも躊躇うほどだ。

それがウメの珠の影響であることは疑いようがない。

「確かにひととしてのそなたは死んだ」

「だったら」

「ならん」

門前払いとはこのことだ。閻羅王は端から琳の訴えに耳を傾ける気はない。逆らえば、自分ばかりかウメたちにも影響するのでは――それがなにより不安だった。

「でしたら、離れた場所から見守るだけでも」

せめてこれだけは許してほしいと祈るような心地で頼む。自分にとっては苦渋の選択だ。しかし、閻羅王には通用しなかった。

「儂は関わるなと申しておるのだ」

「……っ」

頭ごなしに却下される。その立場にはないと重々承知していても、閻羅王に対する不信感が込み上げた。

なぜ、と。

「なら、どうして俺をここに連れてきたんですかっ」

釘を刺すのが目的なら、篁で事足りる。閻羅王からの命令だと言わせればいいのだ。それとも、自ら釘を刺さなければならないほど信用していないと示したいのか。

不満が顔に出たのだろう。閻羅王がようやく本題に入った。

「そなた自身の話だ。諸々不都合が出てきたのではないか。そなたが望むのであれば、この場で珠を取り出そう」

どうやらこれが用件らしい。無論、ただの親切心ではないとわかっている。琳の不都合は、閻羅王にとっても不都合になる。

「結構です。ウメがくれた珠ですので」

微塵《みじん》も迷いはなかった。

自身のなかにある珠は、いまや唯一のウメとの繋がりだ。ウメが確かに存在したという証《あかし》でもある。

「では、そこにいる篁に此岸での振る舞いを習うといい。篁、この者に指南してやれ」

「承知しました」

即答する篁の横で、琳は頭を巡らせる。このますんなり退いて、おとなしくしているのが最善かもしれないが、それでは意味がなかった。

「ありがとうございます」

自身と引き換えにウメが救ってくれた命だ。大事なことから目を背けて生きたのでは、ウメに悪い。

「俺にも役目を与えていただけないですか」

不躾《ぶしつけ》な申し出だというのは重々承知のうえだった。篁もそう思ったようで、「青天目さん」と非難めいた口調で制してきた。

だが、琳にしてもただぼんやりとこの場に来たわけではない。それなりの覚悟をもって池へ飛び込んだのだ。

役目が欲しい理由はふたつ。

ひとつは、こうなった以上、自分ひとり蚊帳《かや》の外にされたくないから。もうひとつは、二言目には「任」と口にしていたウメの心情を少しでも理解したいから、だ。

「お願いします」

深々と頭を下げる。どうかこれだけは駄目と言わないでほしいと、祈るような気持ちでもあった。それと同時に、もし駄目だったとしても、一度や二度ではあきらめないという意志も込める。

どうやらそれが通じたらしい。

閻羅王の険しい表情が心なしかやわらぎ、その後、呆れを含んだ口調でこう言った。

「もともと頑固な性分なのか、それとも身の内に容《い》れたウメの珠の影響か」

「……それは」

たぶん両方だ。

答えようとして、はっとして顔を上げる。閻羅王の口から「ウメ」とその名が出たのは、十分すぎるほどの驚きだった。

「ウメ、とあれに名づけたと聞いた。本人も気に入っていたそうだな——儂が、最後にあれの名を呼んだのはいつのことだったか」

ほんの一瞬だったが、その口許には微かな悔恨さえ浮かんで見え、琳自身、胸の痛みを味わっていた。

本人はコンプレックスの塊でも、ウメがみなに愛されていたのは間違いない。だから今度会ったときには、ウメが自覚するまでどれだけ自分が好いているか、不在の間どんなに寂しかったか、くり返し伝えるつもりでいる。

うるさいと言われようと、何度でも。

果たして実現できるかどうかわからないが。

「篁の手助けをせよ」

その一言を最後に、閻羅王への謁見は幕引きとなる。篁に促されて裁きの場を辞し、あとは来た道を戻った。

隧道を通り、池を出入口としてこの世に帰ってみると、同じ位置に太陽があった。ひどく長くかかったような感覚があったけれど、時間の概念や常識を振りかざしたところで無意味だ。

自分だけびしょ濡れなのも。

シャツを脱ぎ、絞ってからまた身に着けようとした琳の目の前で、勢いよく障子が開く。

現れたのは、長髪に着流し、やけに時代がかった雰囲気のある青年だ。

顔を引き攣《つ》らせた琳に、彼はタオルと着替えを置いただけで室内へ引っ込み、また障子の向こうへ去っていった。

「早くすませましょう」

篁に急《せ》かされ、なにがなんだかわからないまま頷く。彼は何者だ？　という疑問はとりあえず脇にやり、急いで濡れた髪と身体を拭いてから、ありがたく衣服を借りた。

「では、ここに自署して、指印をお願いします」

篁が上着の内ポケットから取り出し、縁側の上に広げたのは契約書らしい。以前、ウメが受け取った際の書状は白紙に見えたが、こちらには文字がびっしりと記入されている。しかも複数枚に亘《わた》っていて、すぐには読めそうにない。

「ここですか」

もっともいまさら躊躇ってもしようがないので、迷わずペンを受け取って署名した。

「えっと、朱肉は」

人差し指を立てての質問は必要なかった。素早く尖ったもので突かれ、指先からじわりと血が滲む。

「あー……なるほど」

血判か！

いや、これもいまさらだ。名前の横にいざ指印を押そうとした、まさにそのとき。

「青天目さん」

ここまで急かしてきた篁自身に阻まれる。視線を上げると、どこか憂慮の滲んだまなざしとぶつかった。

「契約は縛りです。どんなにつらくて、やめたくなったとしても一方的に破棄することはできません。そこを十分理解してからにしてください」

長年、閻羅王の冥官を務めてきた篁の助言だからこそ重みがある。配慮に礼を述べた後、人差し指を書類に押しつけた。

「よろしくお願いします」

書類を胸ポケットにしまった篁は普段どおりの冷めた目つきに戻る。いま、この瞬間から自分は篁の部下だ。

「それで、いつから始めればいいですか」

「どうやらすぐのようです。行きましょう」

先に立って庭を出ていく篁の背中を、障子の向こうにいるだろう家主に目礼してから追いかける。初仕事に対する緊張は、無理やりねじ伏せた。誰にでも初めてはあるし、当然ウメや兄者にもあったはずだと自身に言い聞かせて。

少しでも役に立てるよう頑張ろう。俺にできることを精一杯やろう。

琳は心中で自身を鼓舞し、ぐっとこぶしを握った。

「心より菩提《ぼだい》を弔います」

川に引き摺り込み、数人を溺れさせた亡者に道筋を示す。溺死させられたという彼は、まさしく憑《つ》き物が落ちたような様子でお辞儀をしてから冥府への道を進み始めた。

まだ半人前でウメのようにスムーズにはいかず時間もかかるものの、今回もなんとか任を果たすことができたことに琳はほっとする。

一方、篁はうんざりした様子で眉をひそめた。

「あなた、本気でひとりひとりの事情に耳を傾けるつもりですか。手間取ってしょうがありません」

もっともなお叱りだ。つき合わされている篁にしてみれば、文句のひとつも言いたくなるだろう。

「俺は未熟なんで、納得して進んでもらうにはこうするしかなくて」

もうひとつ、時間をかけるのは自分のためでもあった。ひとにはそれぞれ人生があり、亡者となった事情も異なる。誰でも亡者になり得るということだ。

琳自身、もしあの夜死んでいたら地縛霊になったかもしれない。

そう思うと、ウメの代役で道を示す者として、少しでも亡者のことを知っておきたかった。

「それがあなたのやり方だと言われるなら、仕方がありません」

てっきり甘いと一蹴されるかと思えば、意外にも篁はあっさり退く。

「お疲れ様でした」

いつもどおりその一言で立ち去ろうとする篁の背中に、琳はいろいろな思いを込めて礼を言った。

未熟者ながらなんとかなっているのは篁のおかげだ。

「ご自身の仕事で忙しいのに、俺の面倒まで見てもらって」

琳ひとりならとても務まらなかったにちがいない。

「礼には及びません。これも私の仕事のうちなので」

もっとも閻羅王にしても、篁ありきであって、亡者を冥府に送るという重要な役目を新米ひとりに任せる気は端からなかったのだろうが。

「かもしれませんけど、面倒かけているのは事実ですし」

「そういえば、学校は辞められたんですね」

「あ、はい」

どのみち同じ場所に留まるのは難しくなっていたので、早晩辞めざるを得ないと考えていた。閻羅王から任を与えられたのをきっかけに一身上の都合で退職し、以降は通信教育のテスト採点をするアルバイトで生計を立てている。実入りという点では厳しいが、突然の呼び出しがあっても融通がきくため都合がよかった。

ちょうど一年前のことだ。

それと同時に県外へ移り住み、帰省も控えている。両親を含め、できる限り知人に会わないようにするにはそういう努力が必要になった。

あとは、ウメから離れたかったというのもある。

あのまま近くに住み続けていれば、また会ってしまうかもしれない。そうなると、ますます会いたくなって、閻羅王との約束を反故《ほご》にする自分が容易に想像できたのだ。

「賢明です。それから、お仕事についても優秀とまでは言いませんが、よく務めているほうだと思っています」

まさか篁から誉められるなんて……。

「あ……ありがとうございますっ」

嬉しい不意打ちに腰を折って礼を言ったときにはすでに篁は背中を向けていて、あっという間に去っていった。

「今回も無事にすんでよかった」

ひとりになった琳は安堵し、肩の力を抜く。ビールでも買って帰って、祝杯を挙げるか。

そう思いつつ帰路につくと、任の終わりはいつもそうであるようにウメのことを考えた。

九歳になった頃か。

生まれ変わったウメは、過去の経緯や自分のことも忘れているようだった。すべて打ち明けてしまいたい気持ちはある半面、ウメにとっては忘れたままのほうがいいのかもしれない、と琳自身迷いがある。

こんな奴だから、近づくなと閻羅王は厳命したのだろう。

「……寂しいな」

ぽつりと漏れた一言にはっとし、慌てて唇を引き結ぶ。弱音は吐かないと決めたのに、たった一年でこの体たらくだ。

唯一の繋がりである珠の埋まっている胸に手をやるのがすっかり癖づいてしまった。

「よし」

ふるふると首を横に振った琳は、胸から手を離すと同時に弱音を振り払う。

健康で仕事がある、そのことに感謝しよう。気持ちを新たにし、夕闇の迫る空の下、駅を目指して歩きだした。


亡者を送ったあと決まり文句を口にするのも何度目か。その後ろ姿が煙のごとく消えてなくなるまで見送りながら、当初はウメの真似事をしたに過ぎなかったそれを、十八年たったいまは死出の旅路のはなむけとして気持ちを込めて投げかけられるようになった。

言い換えれば、死を死として受け入れるのにそれだけ時間がかかったということだ。

「心より菩提を弔います」

この世への強い未練や遺恨が、死後、ひとを亡者にする。確かに質《たち》の悪い亡者はいるが、彼らにしてもなりたくてなったわけではない。それゆえ、大半の亡者は道を示すとおとなしくあの世へ向かう。

なかには、安堵の様子さえ見せる者すらいるくらいだ。その事実は驚きであり、ひとの生や死について多くのことを琳に教えてくれた。

「お疲れ様でした」

篁の労いに会釈で応える。

十年を過ぎた頃から徐々に篁が付き添う機会が減っていった。近年はほとんどひとりで役目を果たしているので、今回顔を合わせたのは久々になる。

そのためさぞ難しい案件なのかと身構えていたのだが――予想に反してじつにスムーズに終わり、拍子抜けするような有り様だった。

「なにかあるのかと思ってました」

まだ一人前にはほど遠いという自覚はある。忘れた頃に篁が現れるのは、滞りなくやっているかどうかチェックするためだろうと。

しかし、今回は様子がちがった。

「なにも、ありません」

めずらしく篁が言い淀《よど》む。いつにない歯切れの悪さを感じ、怪訝《けげん》に思って様子を窺うと、篁は紙を一枚差し出してきた。

「これを」

いったいどうしたというのだ。首を傾げつつ紙に目を落とした琳は、すぐにその理由を知ることになった。

「これって……」

そこに記されているのは実家の住所だ。母親の身になにかあったというのか。いや、なにかではない。自分が出向く必要があるなら、その場所には亡者がいることを意味する。

「いえ、そうじゃありません」

「え、でも」

「死期が近いので、お節介とは思いましたが、会うのであればいまのうちかと」

「…………」

反射的に息を呑んだせいで、ひゅっと喉が音を立てる。直後、悔やんでも悔やみきれない二年前のことを思い出した。

父親の死に際に立ち会わなかったばかりか、電話番号も住所も伝えておらず、葬儀にすら参列しなかった。

五十を過ぎているはずの息子が学生のときとまったく見た目が変わらないなど現実では有

り得ない。帰省をやめ、どこでなにをしているのかを電話で問われてもずっとはぐらかし、数年前からは完全に連絡を絶っていた。

そうするしかなかった。

これほどの親不孝はない。どんなに心配をかけたかと両親の心情を思うと、胸が張り裂けそうになる。

篁はそれを知っているので、最後のチャンスをくれたのだろう。

「……ありがとうございます」

どうすべきか、まだ決めかねていたが、知らせてくれた厚意に礼を言う。

「別に礼を言われるようなことではないので」

篁はいつものようにそっけなく去っていった。

知り合っておよそ三十年。

言動ほど内面は冷めているわけではないというのはよくわかっている。母親のことも、迷ったすえに教えてくれたのだと。

篁の手書きであることでもそれが伝わってきた。

しばし悩んでいた琳だが、とりあえず実家に向かうと決めて歩きだす。今日は普通の人間同様、電車を利用するために駅へ向かった。

本来、時間の概念はそのまま距離にも応用でき、百キロ程度であれば五分とかからない。

感覚的には、空間を折り曲げて移動するようなイメージだ。

通常現世に生きる人間に目撃されることはないが、稀《まれ》にぴたりと波長が合ってしまい、視線を感じて冷や汗を掻く。

琳の場合三十年で二度ほどなので、確率的に低いからこそ子どもの頃のウメとの邂逅がどれほど貴重だったかをしみじみと実感した。

しかも、つかの間とはいえ見つめ合った。互いが互いを認識して見つめ合う可能性は、一瞬の目撃とはわけがちがう。

こうなってみて、あれはウメだったと確信していた。

すべての始まりだと言ってもいい。

きっと避けられない運命だったのだろう。ひとの子である自分と閻羅王の使い狗だったウメが出会ったことで、いまウメはひととしての生を生き、琳自身はこうして任を引き継いでいる。

閻羅王がウメに会うことを禁じた理由がようやく理解できたような気がしていた。

この世とあの世。

此岸と彼岸。

現世《うつしよ》と幽世《かくりよ》。

それぞれに属する者は、似ているようで正反対だ。交わるべきではない。あちらとはちがい、こちらのひとはあっという間に亡くなってしまう。

愛するひとの死に直面するのはつらい。ひとでなくなったいまもそれだけはずっと変わらない。

「…………」

少し距離のある木の上に立った琳は、生まれ育った実家を見つめる。途端に胸が締めつけられるのは、懐かしさというより罪悪感からだ。

窓辺に置かれた椅子は、昔から母親の定位置だった。茶を飲んだり編み物をしたりする姿を日々目にした。

今日も椅子に座っている。眠いのか、時折頭がこくりと揺れる。八十近いのだから当然だが、ずいぶん歳をとった。

髪は白くなり、顔には深い皺《しわ》が刻まれている。一回り小さくなったようにも見え、知らず識《し》らず唇に歯を立てる。

かさついた手で口許を押さえて咳《せき》をするその姿に、ごめん、と謝罪したとき、ふいに母親が顔を上げた。

距離があるので気づかれたとは考えにくい。それでも、なにかを探すように視線を彷徨《さまよ》わせる母親に、琳は半ば誘われるように庭へ下りていた。

母親の目が大きく見開かれる。薄く開いていた窓を開けた琳は、無理やり笑みを貼りつけ、頭を掻いた。

「あ、あの、俺……孫……青天目琳の息子です」

咄嗟《とっさ》にでまかせが口をついて出たことに驚く。とはいえ、自分こそが琳だと言えるはずがないとなれば、孫で通すのが得策だ。

「近くまで来たんで、お祖母《ばあ》さんに一度会ってみたくて……突然お邪魔してしまって、すみません」

おかしくもないのに、へらへらと笑う。でなければ、必死で堪えている涙がこぼれ落ちそうだった。

「まああ、そうなの。琳の息子？　よく来てくれたわ。嬉しい。近くに来て、顔を見せてくれない？」

こちらへ両手を伸ばしてくる母親に、スニーカーを脱いだ琳は椅子の傍まで歩み寄る。母親はじっと見つめてくると、言葉どおり嬉しそうにほほ笑み、琳の頬へ手のひらを添えてきた。

「立派になって」

歳はとっていても、優しいまなざしは当時と同じだ。心配ばかりかけていたし、大変だったはずなのに、母親が弱音を吐いたところは一度も見たことがない。

――大丈夫。すぐに治るからね。

昔の記憶が一気によみがえり、ぐっと込み上げてきた琳は母親から顔を背ける。視線を向けた先には、仏壇があった。

「……あれは、お祖父《じい》さんですよね。線香を上げてもいいですか」

写真のなかの父親は笑っている。どこか寂しげな印象を受けるのは、琳自身の心情が影響しているのかもしれない。

「もちろんよ。きっと喜ぶわ」

仏壇の前で正座すると、しばし写真を見つめる。勝手をしてごめんと何度も心中で謝りながら、唇の裏側を痛いほど噛《か》んだ。

もっと早く来るべきだった。なぜ躊躇ったのか。ひとでなくなった自分を見抜かれることを恐れたのだとしても、いまみたいに孫だと言えば会うことができたのに。

罪の意識なんてなんの役に立つというのだ。

だが、いくら悔やんだところでもう遅い。時間は一方通行だ。

「あら、お茶も淹《い》れないで。ごめんなさいね」

線香に火をつけ、手を合わせていると母親が腰を浮かせる。ちょうどそのタイミングで玄関のチャイムが鳴った。

「あ、お客さんが来たみたいですね」

「お隣さんなの」

相手を確認する前に、母親はそう言った。

「お隣さんもひとりだから、毎日行き来しているの。もしものときに何日もたつと、ほら、迷惑をかけてしまうでしょう」

「……そう、ですか」

亡くなったあとの心配までしているところが母親らしい。そういう相談ができる相手がいることに安堵してしまったその事実に、苦い気持ちになった。

「俺、これでお暇《いとま》します」

立ち上がった琳は、あくまで孫として別れの挨拶を口にする。

「今日は会えてよかったです」

「私もよ」

最後まで笑顔でいるために長居はできない。終始貼りつけた作り笑いのせいで頬が引き攣り始め、顔を伏せると、そのまま庭に下りた。

「じゃあ――」

また、とは言えずに立ち去ろうとした琳の耳に、直後、予想だにしなかった一言が届く。

「ありがとう。しっかり生きてね、琳」

「…………」

一瞬、呼吸が止まった。

いまのはどういう意味だ？　単に間違えただけなのか。それとも初めから——。確かめたい衝動を堪えたのは奇跡も同然だった。

ふたたび木の上に戻った琳は、いつしか視界が霞《かす》んでいることに気づき、何度も袖口で拭う。

が、これぱかりはどうにもならない。あとからあとから涙があふれる。

ゆっくりとした足取りで玄関へ消えた母親が、ご近所さんだろう客人をともなって戻ってくる姿も涙のベール越しに見るしかなかった。

しばらくふたりはお茶を飲みながら談笑していた。

なにを話しているのだろう。その様子からは、近々亡くなるようには思えない。とはいえ、年齢が年齢だ。

万が一波長の合う誰かに発見される可能性がある以上、早くこの場を離れるべきだと承知していても思い切れず、ぐずぐずと留まる。

幸いにも日が落ちたのを言い訳にさらに数時間木の上で過ごし、部屋の電気が消えたのを見届けてから帰路についた。

翌朝は早い時間から同じ場所にいた。離れたところからであってもせめて看取《みと》りたい、などと思ったわけではなく、単純に母親を見ていたかったというのが本音だ。

食事のとき以外多くの時間を窓辺の椅子で過ごす母親が、時折話しかけるような素振りを見せるのはその部屋に仏壇があるためだと気づいた。

そこそこ仲が良く、ときには喧嘩《けんか》もするふたりだった。おそらくどこにでもいる、普通と言われる親だっただろう。

子にとっては父親も母親も特別な存在だ。どれだけの月日が流れようとも、その一点は変わらない。

——琳の案外頑固なところ、お父さんにそっくり。

——なら、お喋《しゃべ》りなのは母さんに似たのか？

「青天目くん」

自分の名を呼んでくる声に下へ目をやると、そこにいたのは篁だった。木から飛び降りた琳は、

「仕事ですか」

閻羅王からの書状を受け取るために手を差し出す。

「——今回は私ひとりですませても構いません」

言い方から察するに、閻羅王ではなく篁の独断にちがいない。その理由は、問うまでもなかった。おそらくこの後、母親の身になにか起こるのだ。

「ちゃんと果たします。篁さんのおかげで母と会えたので」

十分です、ありがとうございますと返す。

しっかり生きなければ。

「そうですか。今回の仕事はいささか手がかかるかもしれません。油断しないでください」

「了解です！」

書状を受け取ると、確認する。篁が厄介と言っただけあって、目的地は廃村だった。

「じゃ、行きますか」

心構えはあったとはいえ、まったく後ろ髪を引かれないと言えば嘘になるが、最後に交わした会話を脳内で反芻し、琳は篁とともに務めに向かった。

——しっかり生きてね、琳。

その日、琳は篁とともに冥府を訪れていた。

三度目とはいえ少しも慣れず、借りてきた猫も同然に身を縮めてしまう。もしかしたら前の二度よりも三度目のほうがより緊張しているかもしれない。

やはりそれは閻羅王の下で働いてきたことで、多少なりともひとの死が身近になり、冥府の王である閻羅王がどういう存在なのかを理解したからだろう。

別室に通され、ひとり立ち尽くしていると、まもなく扉が開き篁が姿を見せた。

「ついてきてください」

背筋を伸ばして、篁に従い部屋をあとにする。果たしてどこへ連れていかれるのか。恐々としていると、閻羅王の執務室だった。

なにか失敗したか？

わざわざ執務室へ呼ばれるなんて、それくらいしか思い当たらない。

背中に冷たい汗を感じつつ、篁に続いて入室した。

「このたびは……」

とりあえずなにを仕出かしたのか聞くところからだ、と早々にこちらから切り出す。が、床に落としていた目を上げたところ、執務室にいたのは閻羅王ひとりではなかった。

「……え」

シャツとスラックス姿の小柄な老人がふたり、閻羅王の傍に立っている。存在を認識した瞬間、琳の身体に電流が走った。

「嘘……っ。ウ……太郎くんと士郎くん？」

それともこれは、願望が見せる幻だろうか。いや、そんなはずはない。もし幻だと言われたら、今度こそ失望でどうにかなってしまいそうだ。

ふらりと足を踏み出すと、閻羅王に右手で制される。その場で立ち尽くしたまま、閻羅王の口上を一言一句聞き漏らさないよう琳は耳を傾けた。

「犬東太郎と士郎が此岸での生を終えて戻ってきた。向こうでは――七十六年の生涯だったか」

質問ではないとわかっていたが、琳は大きく頷いた。

八歳のときに会ってから六十八年。

自分にとっては、気が遠くなるほど長い年月だった。見守ることすら禁じられていたため、士郎をこの目に映すのは文字通り六十八年ぶりになる。

歳はとっていても士郎にはウメの面影があり、可愛く、初々《ういうい》しさも感じられた。

士郎は終始視線を外し、こちらを見ようとしない。どこか落ち着かない様子で、忙《せわ》しなく瞬きをしている。それゆえ、閻羅王からどこまで教えられたのか、なにを考えているのか、察するのは難しい。

一方、太郎は痺れを切らしたのか、まるで子どもみたいに閻羅王の袖を引いた。

「なんだ？」

閻羅王が腰を屈《かが》める。背伸びをした太郎に耳打ちをされたかと思うと、閻羅王の口許がふっと綻《ほころ》んだ。

「そうだな。いまだ半人前だが、そこが強みでもあるのだ」

いったいなんの話をしているのかはさておき、閻羅王の意図を知りたくて気が急く。この場でふたりと再会させたのは、なんらかの意図があるはずだ。

いっそ問おうかと口を開いたとき、思いがけない一言が投げかけられた。

「そなたがあまりに昔と同じゆえ、自分たちの代わりが務まっていたのか疑わしいと申しておるぞ」

「…………」

自分たちの代わり。いま、確かに閻羅王はそう言った。となると、ふたりには前世――閻羅王の使い狗だった頃の記憶が戻っているというのか。

本当に？

「ウメ？」

恐る恐る呼びかける。

返事はないし、視線も外されたままだが、士郎のこめかみがうっすら赤く染まったのが見てとれた。

「ウメ！」

堪えきれずに駆け寄り、ウメの前に膝をつく。閻羅王や篁の前なので必死で取り繕《つくろ》おうとしたけれど、やはり無理だった。

小さな身体を抱き締める。

てっきり閻羅王の叱責が飛ぶかと覚悟していたが、そうならなかったのをいいことに、ぎゅっと力を込めた。

「やっと、また会えた」

言いたいことはたくさんある。もしウメと再会できたら、身を犠牲にしてまで助けてくれた礼と、それから、会えなくなってどれほどつらく、寂しかったかを正直に伝えるつもりでいた。

しかし、もはやどうでもいい。

こうして再会できた、その喜びに浸りたかった。

「おかえり、ウメ」

いま言いたいのは、これだけだ。

「……痛い」

「あ、ごめん」

力が入り過ぎてしまった。慌ててウメを解放した琳だが、驚くべき事態に目を丸くする。

ままで。

それも当然で、老人だったウメが以前の、自分のよく知る姿へ変わっているのだ。前髪が短く切り揃えられ、双眸があらわになっている以外は、琳が最初に惹かれたウメの
ままで。

「体内に珠を戻すかどうかは、ふたりの意志に委ねた」

閻羅王の説明で十分だった。

ふたりにとって——いまや琳にとっても珠は心臓そのものだ。それが体内に戻されたことで、記憶とともに姿形ももとに戻ったのだろう。

「そなたたちふたりを復職させる。しかと務めるがよい」

閻羅王が命じ、

「畏《かしこ》まりました」

ふたりが揃ってこうべを垂れる。

これですべて元通りだ。

まさかお役御免か。おずおずと問うてみたところ、閻羅王は黙り込んだ。

「あの、俺は……」

「確かにまだ半人前ですが、これからもっと頑張るつもりですし、俺としては続けさせていただきたく——」

しどろもどろの訴えを途中で呑み込む。正確には、闇夜のごとき双眸で閻羅王に見据えら

れ、その迫力に声が出なくなったのだ。

「三人が揃ってひとつの珠となった以上、そなたを外すわけにはいかぬだろう。今後も半人前なりに務めに励め」

「……は、はい！」

深々と腰を折った琳は、嬉しさのあまりまたウメに抱きつく。

「あ」

すぐに離れようとしたものの、

「――琳」

六十八年ぶりに聞いた自分を呼ぶ声に自制などできるはずがなかった。

「もう一回呼んで、ウメ」

二度目をねだると、躊躇いがちだった一度目とはちがい、そこに呆れが混じる。

「もう一回」

「琳」

三度目はいいかげんにしろと言わんばかりになったが、どんな呼び方であっても嬉しさは変わらない。

むしろ増していく。

「ウメ」

まだ足りないと言おうとしたそのとき、

「はあ」

大きなため息を兄者がついた。

「ていうか、これって俺がお邪魔じゃない？」

肩をすくめる兄者に頬が緩む。

「邪魔なんて——お兄さん、これからよろしくお願いします」

ウメに肩を押し返されても構わず抱きついたままそう言うと、ふんと兄者は不本意そうに鼻を鳴らした。

「厳しく躾《しつ》けてやるから泣き言漏らすなよ。あと、おまえの兄さんじゃない。サクラさんって呼べ。閻羅王から賜った名だ」

人差し指をこちらへまっすぐ向けてきた兄者——いや、サクラはどこまでも頼もしい。さすがウメの兄者だ。

「了解です、サクラさん」

閻羅王を始め、篁やサクラ、ウメにも心を込めて礼を言う。

「ありがとうございます」

自分の人生に関わってくれたこと、務めを与えてくれたこと。ウメに会えたあの日にも心から感謝した。

そして、生み育ててくれた両親にも。

「以上だ」

閻羅王が右手をひらりと振り、出ていくよう命じる。黙礼するみなに倣ったあと、躊躇いつつも琳は切り出した。

「このあと務めは――？」

「入っておらぬゆえ、そなたはすぐに此岸に戻るがよい」

「承知しました」

ひょいとウメを抱え上げる。

そういうことなら長居は無用だ。一礼の後、執務室をあとにした。篁が自分を呼ぶ声が耳に届いたが、閻羅王の許可を得たからには一刻も早く自宅へ戻りたかった。

「なんで吾まで連れていく」

ウメの抗議もなんの抑止にもならない。

「ふたりきりになりたいから。ウメに話したいことがたくさんあるし、聞きたいことだって。でも、一番はふたりきりで過ごしたい」

厭？　と顔を覗き込む。

「……厭」

視線を外したウメは、「ではない」と小さな声で続けた。

恥ずかしがりやなところも以前のままだ。

ウメの許可も出たので、堂々と自宅へ急ぐ。うんざりするほど長い隧道を抜け、よそ様の家の池から現世に戻ると、あとは最短距離で帰り着いた。

「いつまで抱えている」

1LDKのリビングダイニングで向き合ってからも、どうしても離れたくない。離れた途端にウメが掻き消えてしまうのではないかと、一度経験しているだけにどうしたって不安になる。

「離れないと駄目かな」

駄目じゃない、という返答を期待しての質問だ。そのとおりの答えを聞いて、いまさらながらに胸がいっぱいになった。

「どれだけ俺がウメに会いたかったか、わかる？　転生したって知ってから、いつか会えるかもしれないって、それだけを支えにしてきたんだ」

自ら両親との交流を絶ち、定期的な転居をくり返しながらも心が折れずにすんだのはそのおかげだ。

だからこそ、望みが叶《かな》ったいま、手を離すことが恐かった。

「どこまでたわけ者なのか」

ウメがかぶりを振る。かと思うと、吹き出し、声を上げて笑いだした。

これほど愉《たの》しそうなウメを目にするのは初めてで、感動すら覚えつつ見惚《みと》れる。四つの目に涙まで滲ませるウメに、嬉しさから琳も一緒になって笑った。

「ウメ、大好き」

琳にしてみれば、思わず気持ちが口に出たにすぎなかった。が、ウメは驚いたらしく、ぴたりと笑うのをやめてしまう。

「えっと……そんな、深い意味じゃなくて」

どこか困惑しているようにも見え、咄嗟に言い訳をしようとしたものの、まるで見透かしたかのごとくウメが口火を切った。

「吾はいつから存在しているのか、吾自身わからぬほどだ。だが、それを長いと思ったことはなかった。それなのに、ひととしての一生は途轍もなく長く感じられた。八つのときに琳と会って、会えなくなって、なぜなのか理由も判然としないままずっと引き摺っていて――なぜ彼は約束したのに会いにきてくれなかったのだろう。いつになったら会いにきてくれるのだろう。そんなことばかりに固執していたのだから、当然と言えば当然だった」

ウメは饒舌《じょうぜつ》なタイプではない。むしろ口下手《くちべた》なほうだ。

そのウメの言葉は、一言一言が重く、胸にずしりと響く。

「琳は周囲に好かれるから、きっと吾のことなど忘れて誰かとうまくやっているにちがいないと」

「有り得ないから！」

これについては完全に否定できる。浮いた話という意味なら、確かに何度かその手の誘いを受けたことはあったが、どれもやんわり断ってきた。そもそも上辺だけのつき合いに徹してきたので、心から気の許せる相手を得たいという気持ちすらなかった。

「この七十年近く、俺が一番会ったのって篁さんだよ。そんな、うまくやる相手なんているわけがない」

「そう、なのか？」

「そう！」

ふたたびウメの表情がやわらぐ。

「なんだ。吾にとっての兄者が、琳には篁だったのか」

少しちがうと思ったけれど、あえて否定しなかった。それよりも言わなければならない言葉がある。

「さっき嘘をついた。本当は、深い意味でウメが大好きなんだ。子どもの頃に一目惚《ひとめぼ》れをしてからずっと」

「……子どもの頃」

ウメが睫毛を瞬かせる。

「琳は、憶えているのか。童の頃に吾と顔を合わせたことを」

信じられないと言いたげな口調には、もちろんだよと即答した。

「病室の窓越しに目が合ったよね。俺、あの瞬間のときめきをはっきり憶えてる。他のひとに話しても夢を見たんだねって相手にされなかったし、そのうち自分でも空想のうちのひとつだって思うようになってたんだけど、ウメと再会してわかった。あのとき俺が一目惚れした相手はウメだったんだって」

驚きよりも、やっぱりという喜びのほうが大きい。離れてもまたこうやってふたりでいる自分たちは、きっと魂が繋がっているのだと。

そんな相手を忘れるなどできるはずがない。

閻羅王に近づくのを禁じられてから、時間がたてばそのうちいい思い出になる、そんなふうに考えようとした時期もあったし、実際努力もしてみた。でも、結局無駄だと実感させられたにすぎなかった。

そもそも努力が必要な時点で結果は見えていたし、むしろ逆効果だった。

「ウメも、憶えてたんだね」

吐息混じりでそう問うと、少し決まりの悪そうな顔でウメが顎を引く。

「よかった」

会いたい気持ちは年月を重ねるごとに膨らんでいき、現実となったいま、他のことはどうでもいい。

大事なのは、互いの想いだ。

目の前のウメと自分のことで頭も心もいっぱいになる。

大きく深呼吸をした琳はウメの手をとると、しっかり指を絡めた。

「俺はずっとウメが好きだったし、いまはもっと大好き」

同じ相手に二度一目惚れをした。一緒に過ごして好きだと自覚したのに、離れるとますます想いが募った――なんてたいがいしつこいと自分でも呆れるが。

「ウメが大好きだよ」

ばかみたいに同じ台詞をくり返した琳に、ウメは頬を赤らめ、目を伏せる。恥じらう様を間近にして、どうやって自制すればいいというのだろう。

「わ……吾は、わからん。なにぶんこんな感情は初めてなのだ」

ウメの返事を聞けばなおさらだ。

「駄目だよ、ウメ。初めてなんて言われたら、俺――」

衝動のまま、額に唇を寄せる。瞼、鼻先に口づけたあと、無防備に半開きになった唇を奪った。

「……っ」

ウメはびくりと肩を揺らす。反応はそれだけだ。

「厭？　もしウメが厭じゃないなら、もっとしたいんだけど」

「もっと……」

そうこぼしたきり考え込んでしまったウメに、うん、と素直に認める。

「キスは前にもしたから、いまのが二度目だよね。俺、まだしてないことをウメとしたいと思ってる。できることは全部。もちろん無理強いしたいわけじゃないから、ウメがいいって言ってくれるまで待つよ」

我慢するのはつらいが、これが本心だ。ウメが同じ気持ちでなければ意味がない。

「待たなくてもいい」

「え」

てっきりウメは戸惑うだろうと思っていたので、この返答は予想外だった。

「俺の言ってること、理解してる？　セッ……いや、あの、好きなひととしたくなる、キス以上の行為で」

「それくらい知っている。交合であろう」

「こ……っ」

ウメの口から出た大胆な一言に、かあっと顔が熱くなる。

「そう、だけど……誰かとしたことあるんだ？」

好きなひとと、と言ったものの、実際は好きでなくてもできる行為だ。長く生きてきたウメに経験があったとしても少しも意外ではない。

「吾が？　誰が吾にそのようなことをするというのだ。長い間には、厭でも耳に入ってくるというだけよ」

「そっか」

思わずほっとした自分に呆れる。初めてにこだわるつもりはなかったのに、いざとなるとこれだ。

もしウメが「ある」と答えていたなら、きっと見ず知らずの相手に対する嫉妬で胸が焦げたにちがいなかった。

独占欲。

心中で呟いた琳は、照れくささをごまかすために一度咳払いをした。

仕切り直しだ。

「誰がって、ここにいるだろ？　俺はしたいよ」

こめかみに口づける。

「だから……琳は変わり者なのだ」

恥じらう姿にどうにも胸が疼き、たまらずベッドにウメを下ろした。

「よくわからないけど、そのおかげでウメが好きになってくれたんなら、俺、変わり者でよかった」

そう前置きしてから、いい？　と問う。

目を伏せたウメは、躊躇いがちではあるものの承知した。

「琳がしたいことは、吾もしたい」

これ以上の殺し文句があるだろうか。

「ありがとう、ウメ。嬉しい」

額と額をくっつけて心からそう言い、ふたたびキスをする。今度はさっきよりも深く、情熱的に。

ウメの唇はやわらかく、甘く、心地よさに脳天が痺れた。

ずっとキスしていたいが、そうもいかない。なんとか唇を離すと、ウメのシャツの釦《ボタン》を外しにかかった。

「吾が」

指が震えてなかなかうまくやれない琳への気遣いだろう。上半身を起こそうとしたウメを、琳は押し留めた。

「俺にやらせて」

確かに自ら脱いでもらったほうが手っ取り早い。緊張している状況ならなおさらだ。

が、たとえ痩せ我慢であろうと、琳自身の手でしたかった。できることはすべてしたいと言ったあの言葉は本心からなのだ。

なんとか釦を外すと、シャツを脱がせる。そのままスラックスの前もくつろげ、足から抜いた。

　上も下も白い下着姿になったウメに、反射的にごくりと喉が鳴る。それだけでもどうかと思うのに、琳の中心はすでに昂《たかぶ》っていた。

「全部、脱がせるよ」

　いまや緊張はピークに達している。

　細心の注意を払って下着も剝《は》ぎ取り、ウメを裸に剝いた。連れ帰った日にも全裸は目にしたが、あのときとはまるでちがう。

　可愛くて、愛《いと》おしくて、興奮する。

「ウメ……すごく、綺麗。可愛い」

　口にせずにはいられなかったのだが、途端にウメが全身を桃色に染めたせいで、ますます心を鷲掴みにされた。

「ごめん、ウメ」

　ゆっくり、そっとしようと決めていたにもかかわらず、理性と思考が吹き飛ぶ。自身も身に着けているものを脱ぎ捨てると、一秒を惜しんで肌を密着させた。

「ウメ」

　滑らかな肌に手のひらを這わせ、あちこちに唇を押し当てる。欲望を、いや本能を抑えきれなかったのだ。

「……琳……そんなに」

切なげな声で名前を呼んでくるウメに自制心を働かせるなど、とても無理な話だった。ウメの肌をまさぐることに夢中になる。

「……う、ぁ……ん」

甘ったるい声を頼りに、あちこちにキスしながら中心に手を滑らせた。

「あ、琳っ」

勃《た》ち上がったものを手のひらで包み込んだ途端、ウメが仰《の》け反《ぞ》った。上下に動かすと、すんすんと鼻を鳴らし、喘ぐ。それが性感に繋がり、琳は唇を腹に押しつけ、下へと滑らせていった。

「ひゃ」

先端を舌ですくってから、口中に迎え入れる。琳にしても初めての行為だが、悦ばせたい一心で愛撫《あいぶ》した。

「琳……っ、駄目、だ。なにやら……漏……っ」

切羽詰まった声に、離してあげたい気持ちと続けたい欲がせめぎ合う。結局欲のほうが勝り、最後を促して口中で震えているそれを吸い上げた。

「あぁあっ」

ウメがしなやかな背をしならせ、絶頂を迎える。全身を淡く染めた姿は愛らしく、下半身に直結する。いまや琳のものは痛いほどになっていた。

「……琳」

どこにも力が入らないのか、とろりと潤んだ目でウメが自分を見てくる。その姿を見てどれほど嬉しくて、興奮するか、ウメ自身にもわからないだろう。

「ごめん。続きをさせて」

抱き合っていたが、じっとしているのは難しい。

「なにを、謝る」

ウメの許しを得たせいで、口づけからまた始めた。唇を食《は》み、舌を絡める。心地よさで頭のなかに霞《かすみ》がかかり、やはり自制するのは難しかった。

ウメ相手にはなにも通用しない。

唇を顎から喉、鎖骨まで滑らせていくと、淡く色づいている胸の尖りに辿り着く。

「あ」

反応があったことに気をよくして、口に含んで舌で遊ばせた。

「あ、あ……り、んっ」

ウメの声はどうしてこれほどいろいろなところを疼かせるのか。ウメのせいだと心中で言い訳をして、ぷくりと主張し始めた乳首を舐める。

「そんな、に……吸うと、変になる」

「俺なんか、ずっと変だから」

もはやなにが正解なのかわからない。正解なんてどうでもよかった。あるのは、ウメが欲しくてたまらない、ウメに欲しがってほしいという情動。

「ウメ……ウメ」

乳首への愛撫はそのままに、唾液《だえき》と体液でまだ濡れているウメの性器を手のひらで包み込んだ。

「琳……そんなの……また」

「出そう？　いいよ」

「……厭、だ。吾ばかり」

ちがうのに、と思いつつも口には出さなかった。言葉にするより、実行したほうがきっと伝わるはずだ。

「じゃあ、俺も……いい？」

ずるいと承知でそう問う。

「む、無論。吾は、なにをすれば」

「脚を開いててほしいんだ」

躊躇うのは承知のうえでの要求に、案の定ウメが返答に詰まる。本音を言えば、いっそそうせざるを得ない状況にもっていって——と思わないではないが、それでは意味がない。初めてだからこそ、ふたりで一緒に進めていきたかった。

「わ、わか……」

あまりに小声で語尾は聞こえなかったけれど、ウメはおずおずと自ら脚を開く。

「ありがとう。あと、気持ち悪かったらごめんね」

こんなことなら潤滑剤を用意しておけばよかったが、いまは自身の手際の悪さを悔やんでいる場合ではない。サイドボードの上からハンドクリームとして使っているワセリンをとり、代用した。

「……ぅ」

小さく呻いただけで、ウメは声を噛み殺す。上掛けで口を押さえる様子を見ると悪いことをしているような心地になる一方で、すでにやめる気にはなれなかった。

しかもウメの身体はまったく拒絶せず、指を増やしても素直に受け入れてくれるのだ。あたたかな粘膜にしっとりと締めつけられて、この場所に挿《はい》ったときの快感を想像して気が急くのは仕方のないことだった。

「ウメのなかに、挿りたい」

指を抜き、その手で自身を慰める。いまにも弾けそうだった。

「い、つでも」

またしても許しを得ると、

「こっちのほうが楽だって聞くから」

そう言って俯《うつぶ》せにするや否や、あらわにさせた場所に自身を押し当てる。こんなところまで可愛いことに驚くと同時に、一秒も待てなくなった。

「あ、琳……」

羞恥心に震えながらも従順なウメに申し訳ない気持ちになったところで、自制できる段階はとうにすぎている。

「つらかったら、ごめん」

それでも一気に進めたい衝動を必死で抑え、ゆっくりと入り口を割った。固い蕾《つぼみ》のようなその場所が受け入れようと開く様はなんてけなげなのか。

「うぅぅ、あ」

胸を喘がせるウメのうなじや肩にキスする傍ら、確実に埋《うず》めていく。精一杯の理性で時間をかけたつもりでも、最後は我慢できずにやや強引に奥まで挿入した。

「ごめんね。ウメ、苦しいよな」

上掛けを握り締めて身体を震わせているウメに謝罪する。苦しくないはずがないのに、小さくかぶりを振る姿には胸が熱くなった。

「琳は？」

肩越しにそんな問いかけをされてはなおさらだ。

「すごく、いい。おかしくなりそう」

「ならば、よかった」

本心なのだろう、ウメがほほ笑む。その表情を目にして、自然に涙があふれた。

「ウメ……ありがと……俺、嬉し」

まさか泣きべそをかくなんて。

格好悪い。

「吾も、嬉しい」

「ウメ」

涙は止まりそうにない。泣きながら快感を追うはめになる。

「あ、ウメ……ウメ」

慎重にしたいのに、途中からはどうしようもなくなった。ウメの髪の匂いを嗅ぎ、首にキスをし、時折歯を立てながら奥を揺する。脳天が痺れ、なにも考えられなかった。

「り……ぁう、琳」

ウメが自分の名前を呼ぶ声にも煽《あお》られ、夢中でウメの身体を揺さぶった。

「う、う……」

「あぁ、すごい、ウメ」

我に返ったのは、達したあとしばらくしてからだ。

「ごめん。ウメ、大丈夫?」

結局好きにしてしまった。

無体な真似を強いたことに青褪《あおざ》め、すぐに身を退こうとしたが。

「……かった」

「いま、なんて?」

聞き間違いかと耳を疑ったけれど、そうではなかった。

「吾も、すごく気持ちがよかった。琳さえよければ、もっとしたい」

濡れた瞳を向けられ、ねだられて、どうして冷静でいられるだろう。瞬時に理性と思考が焼き切れ、吐き出したばかりだというのに、ウメのなかで一度目以上に硬く勃ち上がる。

「ウメ!」

ウメの身体を返し、激しく口づけながら正常位で抱き合う。二度目は上掛けをベッドの下に放り投げたことで、ウメの口を塞ぐものはなくなった。

「あ……琳……吾のそこ、溶けてはおらんか」

「うん……溶けてる。俺のも、ウメのも、ぐちゃぐちゃ」

「あ、あ……琳、気持ちが、いい」

いったい何度達したか。自覚があったのは三度目までで、その後はすべてあやふやになり、ひたすら互いを貪って、与えて、快楽に溺れた。

のだ。

「大好き」

おそらく何百年たっても忘れられないだろう、濃密で強烈な、素晴らしい初体験になった

穏やかなウメの寝顔に、琳は目を細める。よほど疲れているのか、タオルで身体を拭う間もぐっすり眠ったまま起きる気配はない。

「わんこの姿も可愛いな」

いくら見ても飽きないし、幸せな気分になる。

先刻までの濃厚な行為を思い出すとどうしたってにやけてしまい、へらへらしながら指でウメの頬を突いてみると愛らしい鼻に皺が寄り、いますぐ抱き締めたくなる衝動を抑えるのに苦労するはめになった。

ずっと寝顔を見ていたい。早く目を覚ましてほしい。琳にとってはどちらも本音だ。

が、それも長くは続かなかった。無粋なチャイムに割り込まれる。

幸いにもウメは目を覚まさなかったので、ほっとし、できれば出直してもらおうと摺り足で玄関へ向かってみると。

「あ」

訪問者は誰あろう、サクラだった。サクラであるなら断るわけにはいかない。ドアを開ける以外の選択肢はなかった。

「一応、気を遣って半日待ったんだし、もういいよね」

そう言ったかと思うと、サクラはずかずかと中へ入ってくる。1LDKを仕切っている引き戸は開けっ放しで、リビングダイニングに一歩足を踏み入れると部屋全体が見渡せるため隠しようがない。

当然、ベッドで寝息を立てているウメも、だ。

「あれだけ姿を他人に見せるのを厭がっていたのに――無防備すぎる」

サクラはベッドに歩み寄ると、上掛けを捲ろうとする。すんでのところでその手を制し、琳は首を横に振った。

「あともう少しだけ。ウメ、疲れてると思うので」

「はあ?」

サクラは不穏な半眼で見上げてくる。

「まさか俺が疲れさせたんだぜって自慢のつもり?」

「いや、自慢なんて」

「照れるのやめてくれるかな」

サクラも相変わらずだ。弟思いで、親分肌。

はは、と照れ笑いをした琳に、サクラはキッチンを指差した。

「朝ご飯はなに？」

普段はパンとコーヒーですませることが多いが、ウメとサクラがいるなら少し手をかけたものにするか。

「冷凍庫に鮭《さけ》があるから、それを焼く？」

「卵焼きは？」

「じゃあ、卵焼きも」

「甘い卵焼きがいい」

「了解」

ウメから離れた琳はさっそくキッチンに立ち、朝食の準備にとりかかる。メニューは焼き鮭、豆腐とワカメの味噌汁。おろし大根。もちろんサクラのリクエストどおり、砂糖多めで醤油《しょうゆ》は少々、隠し味にマヨネーズを入れた卵焼き。

「サクラさんは三食ちゃんと食べるんだ？　昔、ウメは必要ないって言ってたけど」

それでも、あのとき卵粥《たまごがゆ》を食べてくれた。

基本優しいんだよな、と頬を緩めると、返答は隣室からあった。

「七十余年ひととして生きて、兄者も吾も食事をするのが習慣になった。不思議なことに、ちゃんと味もする」

人形になったウメが目を擦りながら上掛けごとベッドを下り、こちらへ移動してくる。上掛けに足をとられて躓《つまず》く様子も愛らしく、琳は手にしていたおたまを置き、ウメの傍へ寄った。

「もうすぐできるから、シャワー使ってくるといいよ。着替えは用意しておくし」

「ん」

まだ眠いのだろう、あくびをしたウメを抱きかかえてバスルームへと運ぶ。

「ひとりで平気？　手伝う？」

ふたりきりならなんとしてでも手伝いたいところだ。ウメの身体が心配だし、狭いバスルームでいちゃいちゃしたいというのもある。

しかし、いまはサクラがいる。仮にウメが手伝ってほしいと答えたなら、無論誰がなんと言おうとそうするつもりだった。

「……平気」

「本当に？　身体がつらかったりしない？　俺、結構なことしたよ」

ほんのり頬が染まったところをみると、目が覚めてきたようだ。琳も昨夜のことを思い出し、嬉しさと照れから頭を掻いた。

「ね」

昨夜はあまりにウメが可愛くて、すごくて、我を忘れてしまった。ウメの身体じゅうに残るキスマークは、琳が夢中になった証拠だ。

「大丈夫、だ」

ウメが首を横に振る。

「わかった」

後ろ髪を引かれる思いでバスルームを離れた琳は、ふたたび朝食の支度《したく》に戻った。

「俺は知ってるぞ」

テーブルを指で叩きながら待っていたサクラが、ふんと鼻を鳴らす。

「なにが？」

手を止めずに問うたところ、想定外の、いや、ある意味納得の一言をサクラは発した。

「おまえらみたいな者を、バカップルっていうんだ」

「…………」

そんなことない、と否定しなかった。なぜなら「バカップル」というのは、琳にしてみれば好ましい言葉だ。

「いやあ」

「なにそのムカつく顔！」

どうやら感情が表に漏れてしまったらしい。サクラに指を差された頬へ両手をやり、くいと上へ引っ張る。ともすれば昨夜のあれこれを頭のなかで反芻して、にやけっぱなしになってしまいそうだった。

それでは、いつまでたっても朝食作りが終わらない。

「今度弟を泣かせたら承知しないからな」

「――――」

だが、瞬時に気が引き締まる。

サクラにしてみれば、自分は弟を泣かせてしまった悪い男だ。すぐに信頼してくれと言っても無理だろう。

「よくわかってるよ。二度とウメを泣かさないと、約束する」

もうウメをひとりにさせたりしない。琳自身、あんな思いはごめんだ。

唇を引き結んで深く頷くと、やっとサクラは表情をやわらげた。

「まあ、弟に免じて、これまでのことは水に流してやる」

「ありがとう！　俺、きっとサクラさんのお眼鏡に適《かな》う男になるから」

ウメのことは任せて、と胸に手をやる。

ただ格好よく決めるには、少々間が悪かった。感激するのは後回しだ。

「わわ、鮭が焦げる」

慌てて三人分の鮭をグリルから取り出す。タイミングよくシャワーを終えたウメもリビングダイニングに顔を出した。

「待たせて、すまん」

琳のトレーナーと半パンを身に着けたウメは、出会った頃のままだ。長い長い七十年あまりだったけれど、まるで点と点が繋がったかのごとく昨日の出来事のように感じられるのが不思議だった。

「じゃあ、食べようか」

この世は不思議で満ちている。

子どもの頃に出会ったウメとその兄と一緒に食卓を囲んでいること自体がなにより不思議だろう。

「いただきます」

三人揃って手を合わせ、朝食をとる。

「お昼は焼きそばがいいなあ」

朝食の最中にもう昼食の話をするサクラに苦笑しつつ、早くこれが日常になるといいと思う。三人一緒が一番だ。

「じゃあ、みんなで買い物に行こう。ウメとサクラの日用品や衣服も必要だし」

手狭になろうと、離れて住むつもりはない。やっと巡り合ったのだから、この幸運を二度と手放したくなかった。

「みんなで買い物……」

ウメの嬉しそうな表情を前にすると、いっそう強く思う。

「共同生活をするなら、広い部屋に引っ越しするところからだな」

と、これはサクラだ。

腕組みをして、狭い室内を見渡したサクラに、琳は頬を引き攣らせる。

「まあ、そうなんだけど、引っ越しには先立つものが――」

「それに関しては琳には期待してないから安心しろ。俺とウメはそれなりに裕福だ」

「……う」

ぐうの音も出ない。したり顔で胸を張るサクラが急に眩《まぶ》しく見える。

「あ、でも、亡くなった場合、財産は遺産として――」

「いくらでもやり方はある。此岸で暮らすのであれば資金は必要だからな」

なんと頼もしい。

琳自身はあちこち点々としつつアルバイトで糊口《ここう》を凌《しの》いできたので、預貯金に関してはそもそも戦力にもならない。不戦敗だ。

「……面目ない」

申し訳なさから身を縮めると、ばかばかしいとばかりにサクラは肩をすくめた。

「たかだか百年程度しか生きていないヒヨッコがなにを言う。端から期待はしてない」

「サクラさん」

きっとサクラなりの優しさだろう。礼を言おうとした琳だが、それどころではなくなる。

「ならば、三人で同じ寝間着を買おう。兄者とは常にお揃いだったが、これからは琳も」

買い物に気をとられていたらしいウメが頬を染め、可愛い提案をしてきたからだ。

「……ウメっ」

サクラの前ではあるものの、我慢できずに抱きつく。

「琳っ。なにをやっているのだ」

焦って離れようとするウメを、構わずなおも引き寄せた。いまのはウメのせいだ。

「おまえ、兄の前で」

サクラに文句を言われてもこればかりはどうにもできない。可愛い弟を持った兄の定めとあきらめてもらう以外には。

「だいたい、なんだ。弟の身体にいっぱい痕をつけて……おまえ、無体な真似を強いたんだろう！」

「まあ、それはもう、しょうがないっていうか」

「しょうがないってなんだ！」

責められて、頭を掻く。おまえのせいだとサクラが言えば言うほどウメが恥ずかしがるせいもあって、頬は緩みっぱなしになった。

「まったく。朝っぱらからなにをはしゃいでいるんですか」

その声は背後からだった。

ウメに抱きついたまま振り返ると、そこには呆れ顔の篁が立っていた。いつもとちがうのは、手に大きな箱を持っている。

「一応チャイムは鳴らしましたが、誰も出てこないし、玄関の鍵が開いていたので勝手に入らせていただきました」

サクラが入ってきたとき鍵をかけ忘れたらしい。さておき、篁が訪ねてくる理由はひとつだった。

「仕事ですか」

場の空気が一変する。

買い物はひとまず棚上げだ。

顔を引き締めての問いに、当然とばかりに篁が内ポケットから書状を取り出した。

「どうやら少々厄介な案件のようですし、もしものときは無理せず退いてください。荒事の担い手にはすでに話を通してます」

書状を受け取り、内容を確認する。篁が厄介というのも頷ける、強い恨みを抱いて亡くなった霊魂だった。

「じゃあ、さっそくかかろう」

かか、とご飯をかき込んでから立ち上がったサクラに、ウメが続く。琳もふたりに倣ったとき、

「お待ちを」

篁が持参した箱をこちらへ押しやった。

「三人体制での初仕事ということで、閻羅王からの贈り物です」

中身に関しては触れず、一言だけで篁は去っていく。

「閻羅王からの……なんだろう」

閻羅王に謁見したのは三度。その圧倒的な威厳に三度とも緊張したし、思い出すのも憚《はばか》られるほどだ。

琳の言葉に、サクラとウメは黙したままじっとしている。閻羅王からの贈り物というので恐縮しているのかもしれない。

「こうしていても埒《らち》が明かないから、開けるよ」

ふたりに断り、箱の中を確認する。驚いたことにそこにあったのは、三着の黒いスーツだった。

ふたりが感激する横で、さすが閻羅王だと琳は思う。部下がなにを好み、喜ぶか、なにもかもお見通しということだ。

お揃いのスーツで初仕事。琳にしても、弥が上にもテンションは上がる。

さっそく着替え、鏡に映したようなふたりのスーツ姿はなんとも言えず愛らしく、頼もしく、まるで物語から飛び出してきたようだった。

「寝間着より先にこっちがお揃いになったね」

耳打ちすると、ウメが力強く頷く。

その表情は意気揚々と輝いている。閻羅王から贈られたスーツを身に着けたからにはこれまで以上にいい働きをしなければと、四つ目には明確な意志があった。

俺ものんきにはしていられないな。

きゅっとネクタイをきつく締めた琳は自身の頬をひとつ叩くと、仕事モードに気持ちを切り替えた。

「さあ、行きますか」

三人合わせてひとつの珠を形成する自分たちは、励まし合い、助け合って任をこなしていきながら、いいチームになっていくだろう。

これから先のほうがずっと長いのだから。

もと人間と、双子の使い狗。

きっと出会うべくして出会った三人だ。

新たなスタートに琳はそう確信し、胸を弾ませていた。

山の中腹にある墓地を訪れた琳は、『青天目家の墓』の前に立つ。以前は毎年両親とともに祖父母の墓参りをしていたが、その両親も同じ墓に入って久しくなり、現在管理してくれている親戚《しんせき》には感謝してもしきれなかった。

「不肖の息子でごめん」

何年、何十年たとうと、やはり同じ台詞が口をつく。

病気でさんざん心配をかけたあげく、行方《ゆくえ》をくらませたのだ。これほどの親不孝者がいるだろうか。

母親の好きだった百合《ゆり》と父親の好物の饅頭《まんじゅう》を供えつつ、頭を下げる。と同時に、母親と最後に会った日のことを脳裏によみがえらせた。

咄嗟に孫なんて言ってごまかしたけれど、いま思えば、やはり母親は気づいていたのだ。気づいていながら責めることも問いつめることもせず、普通に接してくれた。

おかげで少しだが話ができたし、仏壇に手を合わせられた。

——ありがとう。しっかり生きてね、琳。

別れ際の一言は、いまもはっきり胸に刻まれている。

俺、頑張るから見ててよ。

線香を上げる傍ら心中で伝える。目を開けてみると、隣で手を合わせているウメの姿が真っ先に見え、自然に口許が綻んだ。

いつだってウメは琳の心をあたたかくする。

「父さん、母さん」

墓に向かって呼びかけると、ウメの肩を抱き寄せた。

「俺の特別なひとです。すごく大事だし、めちゃくちゃ大事にしてもらってて――俺、本当に幸せです！」

もとより本心だ。ウメとふたり――いや、ウメとサクラと三人でこれからも愉しく、真面目《まじ》目《め》に生きていきたい。それこそが琳の望みだ。

「な……なにをっ」

ウメが慌てた様子で距離を置こうとする。

「まあまあ」

「琳の親御さんがあの世でびっくりしておるぞ」

予想どおりの反応には自然に頬が緩み、腕のなかでもがくウメをいっそう強く抱いた。

「大丈夫。父さんと母さんはきっとよかったねって言ってるから」

これについては確信している。たとえウメの真の姿を知ったとしても、驚きはするだろうがけっして拒絶することはない。琳は子どもの頃から変わらないわね、と笑う姿が目に浮かぶ。

「そうなのか」

しみじみとこぼしたウメが暴れるのをやめた。

それだけではない。ほほ笑みを浮かべた、そのやわらかな表情に琳は胸を射《い》貫《ぬ》かれる。

「琳の親御さんであればやはり変わり者で、よい人間であろうな」

愛のこもった言葉まで聞かされては、心が熱く震えてどうしようもなくなった。ウメには何度も驚かされてきたけれど、きっとこれからもそれは続くのだ。

「ウメ、大好き。俺と巡り合ってくれてありがとう」

子どもの頃。大学生の頃。ウメとサクラが転生したあと。

偶然の出会いも三度となれば、もはやこれは偶然などではなく必然。運命のふたりだと確信している。

なにしろ愛し愛される恋人同士だ。ともにいることが自分たちには自然で、心地いい。

たとえ普通とはちがっていようとも、それはどこかに傘を置き忘れたとか、今日のカレーはうまくできたとか、三人で海を見にいったとか、そういう日常のなかのひとつにすぎないのだから。

「琳。ひとが来る」

ふたたび離れようとしたウメの肩に、琳はこめかみをくっつけた。

「うん。もう少しだけ」

優しいぬくもりを感じつつ顔を上げ、空を仰ぐ。ふたり一緒に見上げた青く澄んだ空は眩しく、清々《すがすが》しく、泣きたくなるほど美しい。

それはまるで明るい未来を予見しているかのように、琳の目には映った。

あまい日々は、つづく

カフェの一角で、目深に被《かぶ》った帽子にサングラスという出《い》で立《た》ちのサクラは紅茶とオレンジシフォンケーキを食す傍ら、目を凝らして一カ所を凝視する。

そこにいるのは、誰の目から見ても初々《ういうい》しいカップルだ。

お互い頬《ほお》を染め、一方は蕩《とろ》けんばかりの笑みを浮かべて甲斐甲斐《かいがい》しくシュガーやミルクを相手のコーヒーに入れている。もう一方は俯《うつむ》きがちで落ち着かず、時折ちらちらと目の前の彼を窺《うかが》うのだ。

数日前からどうもウメの様子がおかしかった。いつもは無頓着な衣服や髪型について「変じゃないか」と聞いてきたり、琳《りん》に名前を呼ばれただけで過剰反応したり。

琳も琳で終始そわそわしているかと思うと、スマートフォンでなにやら長々チェックしたあげく、真剣に頭を悩ませているようだった。

これはなにかあるにちがいないとふたりを注視していたサクラだが――正解だった。一緒に暮らしていながら、わざわざ駅で待ち合わせをしてふたりっきりで出かけるなど、「あれ」しかない。

「……僕に内緒でデートしようなんて、百年早いんだよ。というか、琳のくせにいいチョイスじゃないか」

活気のある店内を見回す。人気店のようでなかなか洒落《しゃれ》ていて、明るく開放的で、店員の教育も行き届いていてさわやか。

客の大半が女性グループ、もしくはカップルなのも頷《うなず》ける。

「シフォンケーキも激うまだし」

ふたりが注文したのは、人気のパンケーキセットだ。運ばれてきたフルーツとクリームたっぷりのパンケーキにウメが目を輝かせると、琳は見ていられないほどにやける。自身が頼んだ蜂蜜とベリーソースがけのパンケーキをお裾《すそ》分《わ》けする代わりに、ウメからも一口もらう姿には思わず眉間《みけん》に皺《しわ》が寄った。

本人たちは初デートに舞い上がっているのかもしれないが、人目を気にしないにもほどがある。いや、ウメは仕方がない。士郎《しろう》として生きた七十余年を除けば外食自体一度もないし、デートとなると、それこそ何百年で初めての経験なのだ。

この場合、現世での暮らしが長い琳が気を遣うべきなのに——どうやら役に立ちそうにない。

ふたりの世界に入り込んでいる様に、こちらが恥ずかしくなってくる。いっそ忠告してやろうかと思ったものの、愉《たの》しんでいるウメを見ていると横やりを入れるのは躊躇《ためら》われた。

「……嬉《うれ》しそうだな」

はしゃいでいなくとも、兄である自分には心から喜んでいるのがよくわかる。控えめながら終始口許《くちもと》が綻《ほころ》んでいるし、琳に向けるまなざしにもそれが表れていた。ウメを見ていると、自身の鼓動まで速くなってくる。

だからこそ、だ。

だからこそ琳にはしっかりしてもらわなければ困る。デレデレと鼻の下を伸ばしているだけの男では安心できないのだ。

「琳、いまいち頼りないもんな」

いちゃいちゃと過ごすこと、三十分。食べ終わったふたりが席を立った。会計をすませるのを待ってサクラも腰《こし》を上げ、ふたりのあとをこっそりついていった。

じつのところ最初は見つからないようにと細心の注意を払って尾行していたが、その必要はないとすぐに気づいた。ウメも琳もふたりの世界に浸っているため、まったく周囲に意識が向かない。

閻羅王《えんらおう》の配下としてどうかと思うものの、初デートである以上そこは大目に見るべきだろう。といっても、琳がなにかしでかそうものなら、すかさず注意してやるつもりでいる。

ふたりがカフェの次に向かったのは、映画館だ。

「定番すぎる」

確かに初デートといえば映画か、水族館。

水族館ではなく映画を選んだのはたまたまか。

「……まさか、暗がりでよからぬことでも」

その可能性に思い至り、すぐにでも飛び出していきたい衝動に駆られるが、ぐっと堪《こら》える。

せっかくのデートに水を差すような真似《まね》は、兄としてすべきではない。

ふたりが観るのは、やはり定番のアクションもののようだった。

後方、少し離れた場所に座ったサクラは、サングラスを外してポケットに引っかけると、代わりにオペラグラスをバッグから取り出した。

場内の明かりが落ちた瞬間、オペラグラスを覗《のぞ》き込む。しばらくはふたりを観察していたが、スリリングな展開と目の前で繰り広げられるカーチェイスが気になり、いつしか映画に意識が向かっていた。

ハラハラドキドキのみならず心あたたまるシーンもあり、図らずも夢中になってしまった。

「油断した」

エンドロールの流れるスクリーンから、慌ててふたりに目を戻す。と、ハンカチで頬を拭《ぬぐ》っている琳の肩をウメが擦《さす》っているところだった。

確かに、泣けるシーンはあった。一匹狼だった主人公が仲間を得て、自分はひとりじゃないと気づくのだ。

自分にしても、じんと胸が疼《うず》いたシーンだったが——琳の泣く姿を前にして一気に感動が薄れ、小さく舌打ちをした。

これだから心配になるのだ。

本来しっかりすべき琳がこの体たらく。泣き顔をさらし、ウメに気遣わせるなどなにをやっているのか。

琳の腑甲斐《ふがい》なさにいらいらしたサクラは、背に腹は代えられないとイヤホンのスイッチをオンにした。

こういうこともあろうかと、ウメのスマホには便利なアプリを仕込んである。できれば使用を控えたかった奥の手であっても、琳がこの有り様では仕方がない。

『恥ずかしいな、俺。泣くつもりなんてなかったのに』

そのとおりだ。十分恥じ、反省しろ。

『琳は優しいから』

ウメが慰めの言葉を口にする。

『本当に？』

それが嬉しかったのか、調子にのった琳は図々《ずうずう》しく聞き返した。

『どうして嘘《うそ》をつかねばならん』

とウメ。

よかった〜、と琳ののんきな声が続く。

『ウメに優しくしたいなあ、喜んでほしいなあって、いつも思っているから』

『琳、吾《われ》は――』

『あ、それってウメのためっていうより、俺のためだから。俺が、ウメに好かれたいから優しくするんだよ』

ははは、と琳が笑う。そして、照れくさそうに頭を掻《か》く姿も見えた。

「……琳め」

頼もしいとはお世辞にも言えないものの、琳を信頼しているのはこういう部分だと再確認する。琳なら弟を傷つけないだろう。大事にしてくれるだろう。と、それに関しては微塵《みじん》も疑っていなかった。

『ウメ、このあと行きたいところある？』

琳の問いに、ウメは首を横に振る。

『吾はどこでもいいぞ』

琳とならば、と口にはされないウメの気持ちが顔に表れていた。それに気づいているのかいないのか、

『じゃあ、俺につき合ってもらっていい？』

どこか意味深長な口調で琳が誘う。

『もちろんだ』

話がまとまるが早いか、ふたりはシアターを出ていった。その後ろを追いかけながら、どこへ向かうのだろうと考えていたサクラだが、直後、はっとして息を呑《の》んだ。

人気のカフェ。映画。その次は――。

「まさか……」

そろそろ街には夕闇が迫り、ぽつりぽつりと街灯が灯《とも》り始める時刻だ。ひとは夜になると大胆になり、お日様の下ではしない行動に出ることがある。恋人たちも、昼間は手を繋《つな》ぐ程度であっても、夜になった途端に身体《からだ》を密着させ始めるのだ。

「まさか琳、エッチなことを企んでいるんじゃ……」

琳とウメがすでに深い仲にあるからといって、看過するわけにはいかない。初デートで許されるのはせいぜいキスまでと相場は決まっているのだから。

それだけは駄目だ！

もしそうなりそうな場合は、たとえデートを台無しにするはめになったとしても事前に阻止するしかない。足取りも軽く前を歩くふたりを追う傍ら、使命感にさえ駆られて、ぐっとこぶしを握る。

突如、ウメが足を止めて振り返った。

『ウメ？　どうかした？』

琳も倣い、サクラは慌ててすぐ近くにいた婦人の背後に隠れる。

『……兄者《あにじゃ》の気配を感じたような気がしたんだが』

『兄者？　サクラさんは友だちと出かける用があるって言ってただろ』

琳の言うとおりだ。用事があるからと、ふたりより先に部屋を出た。というのも、こちらが秘密のデートに気づいていると悟られることなく、ふたりを追跡する必要があったからだ。

『そうだった』

『ウメはお兄さんの友だちのこと、知らないんだ?』

『知らない。兄者はどこでも人気者だから』

ウメの言葉に、まあね、と心中で答える。

長い年月を生き抜くために、自分にはそれが必要だった。誰しも好感を抱いた相手に対しては見方が甘くなり、多少のことは受け流すものだ。

あとは、やはり意地だろう。閻羅王直々の配下である自分たちを誰にも見下させない、負けたくない、その思いが常にあった。

『サクラさんは、ウメのぶんまで人づき合い頑張ってるもんなあ』

琳の言葉に、

『うん。兄者はすごい』

ウメが頷く。

なんだよ、と急に気恥ずかしくなって唇《くちびる》を尖《とが》らせた。

デートなんだから、もっと色気のある会話をしなよ。なんで僕の話をしてるんだ、と。

『ここ』

どうやら目的地に到着したらしい。琳の行きたい場所というのは、お洒落なルームウエアや小物を扱っているので有名な人気ショップだった。

『ほら、お揃《そろ》いのパジャマにしようって言ってただろ？　最初は俺がプレゼントしたいから』

照れくさそうにそう言った琳に、ウメが戸惑う。

『でも、誕生日でもクリスマスでもないのに』

誕生日もクリスマスも太郎《たろう》と士郎としての人生のなかで経験した。六月三日。それが自分たちの生まれた日だ。

正月、節分、子どもの日等。父母はイベントが好きな人たちで、毎回嬉しそうだったことを思い出す。それゆえ父母が鬼籍に入ったあとも、自分たちでそれらを行ってきた。

当然のように。

いい思い出であっても、ひととして暮らした日々は長い年月がたつうちに薄れていくのだろう。少し寂しいが、生きていくというのはそういうものだ。

『なんでもないときでも、贈りたいなって思ったときにそうできたらって。まあ、俺の収入じゃあそんなしょっちゅうは無理だけど』

後半の一言は不要だった。琳らしいとも言える。

自分にしても、値段にかかわらず贈り物は嬉しいものだと犬束《いぬつか》太郎の人生を送ったからこそ知ったことだ。

『……ありがとう、琳』

ウメが小さな声で礼を言う。いまどんな気持ちになっているのか、双子《ふたご》であるがゆえに手にとるようにわかる。

「――帰ろ」

心配する必要なんてない。琳とウメはきっとうまくやるはずだ。イヤホンをパンツのポケットに押し込むと、回れ右をして帰路についた。

自宅に戻ったあとは、本来予定していたとおり掃除や洗濯をして過ごす。おそらくウメと琳は外食だろうから、夕飯をどうにかしなければならない。

買い物に行くか。

その前に、と冷蔵庫をチェックしてみると、プリンが三つ並んでいた。他にもヨーグルトが三つ、冷凍庫にはアイスが三つ。

「あ、餃子《ギョーザ》がある」

先週、餃子パーティをしたときの残りだ。これをレンジでチンして食べれば、買い物に行く必要はない。

「さすがウメ」

兄者はなんでもできる、自分より優れている、そうウメは思い込んでいるようだが、こういう部分は自分にはないところだ。

人間でいた頃、勉強やスポーツに関して士郎より上位だったし、それにともなって長のつく役目もいろいろ果たしてきたのは事実である半面、己に対する過信から何度か体調を崩してしまった。

そういうときは士郎が献身的に看病してくれた。小さな変化も見逃さず、気遣ってくれる士郎にどれほど助けられたか。士郎がいたから、多少の無理もできたと言っても過言ではない。


おそらくウメのそういう優しさをすぐに感じとり、理解したのが琳だ。

琳に対して弟をとられたような気がしておもしろくない気持ちはあるものの、しようがないと思えるのはそのためだった。


「悔しいけど」

こうなった以上、琳には弟を幸せにしてもらうしかない。

「ん？」

餃子を皿に並べていたサクラは、玄関で音がしたような気がして視線をそちらへ向ける。

音の主は、なんとウメと琳だった。

「ただいま～。お土産《みやげ》があるよ」

のんきにもそんな台詞《せりふ》でリビングダイニングに入ってきた琳に、顔をしかめる。

「ただいま。兄者、餃子を食べるところだったのか？　駅弁フェアをやっていたから、焼肉弁当を買ってきたのだ」

ウメもウメだろう。

初デートの日に駅弁フェアで焼肉弁当なんか買って帰るなどどうかしている。

「なんで？　ディナーは？　初デートだったんだろ？　レストランでコース料理ぐらい食べてこいよ。ああ、わかった。琳、おまえ、予約し忘れたんだな」

ミスを責めたところ、降参とばかりに両手を上げた琳が言い訳を並べ始める。

「デートのこと、やっぱりサクラさんは知ってたか……。予約してもよかったんだけど、ウメの行きたいところにと思って、その場で決めるのもありかなって」

「だったらなんでいまここにいるんだ？」

この質問に答えたのはウメだ。

「吾が帰りたいと言って、琳も同意してくれた」

琳が大きく頷く。

どうしてなのか、問うより先にウメが説明し始めた。

「お揃いの寝間着を買ったから、早く兄者に見せたくて、吾が早く帰りたいと言ったのだ。琳がそうしようって言ってくれて——ちょうど駅弁フェアをやっているのを見かけたから焼肉弁当を三つ」

また、琳が頷いた。

「……なんだよ」

ぼそりと呟《つぶや》くと、さらに責められるとでも思ったのか、ふたりが同時に口を開く。

「ごめん。俺が予約してなかったから」

「すまん。吾が我《わ》が儘《まま》を言って」

ウメと琳、ほぼ同じタイミングで発した謝罪に我慢できず、吹き出した。

こういうのを似た者同士と言うのだろう。弟がひとり増えたような感覚にすらなる。ずっと兄弟で過ごしてきたが、そこに琳が加わったいま、三人での生活や仕事を心地よく感じていると認めるしかなかった。

なにもかも三人分である状況に満足していると。

サクラは、両手を差し出した。

「なんだよ。パジャマ買ってきてくれたんだろ？」

そう言うと、途端に目を輝かせたウメと琳がひと抱えもある大きな紙袋を渡してくる。それを受け取るや否やすぐに中身を取り出した。

「ウメが選んだのか？」

包装紙を開封しつつ問うと、

「あ、うん」

緊張の面持ちでウメが答える。

「兄者が気に入ってくれるといいんだが」

「気に入ってくれるよ」

すかさず琳がフォローした。

「俺もすごくいいと思ったし」

現れたのは、ふわふわした生地の真ん中に、パグの顔がプリントされたパジャマだ。それぞれ白、水色、薄いピンクと色違いのお揃いになっている。

水色のサイズが他より大きいのは、琳用だからだろう。

「どうかな」

上目遣いのウメの前で、身に着けていたシャツとパンツを脱ぎ捨てたサクラは、すぐさま白いパジャマを身に着けた。

「気に入ったに決まってるだろ」

親指を立ててから、ふたりにも着るよう急《せ》かす。三人でお揃いのパジャマ姿になると、せっかくだからという琳の提案で写真撮影となった。

スリーショットのあとは個々で撮り、さらには兄弟、琳とウメ、琳とのツーショットまでスマホにおさめる。

撮影会はことさら愉しく、図らずもぐうっと琳の腹の虫が鳴るまで続いた。

「お茶淹《い》れるから、そろそろ焼肉弁当食べよう」

もとより異論などあろうはずもない。途中で放置していた餃子もあたため、食卓につくと焼肉弁当を広げた。

　まずは肉から頬張る。

「意外においしいな」

　率直な感想に、

「本当に」

「最近の駅弁はすごいらしいから」

　ウメと琳が同意する。

「けど、餃子と焼肉弁当ってどうなの。野菜は？　栄養バランスは？」

「サラダも買ってくればよかったかな」

「まあ、そうなんだろうけど、早くサクラさんにパジャマ見せたかったんだよね」

　ご飯を食べながら他愛のない話をする。これも、いつもどおりの食卓だ。

　今後、数えきれないほどの日々をこうやって過ごしていくのだろう。そう思うと、なんだか愉しくなった。

「よし。じゃあ、このあとアイス食べよう。いや、先にプリンにするか」

　餃子を口に放り込みつつの提案に、琳が目を丸くする。

「栄養バランスって言ってたのに？　アイスとプリン？」

「わかってないいな」

琳の前に人差し指を立てると、左右に振った。

「こういうの、パジャマパーティっていうんだろ？」

胸を張り、その指でパグを指差す。

「パジャマ、パーティ」

真っ先に反応したのはウメだ。

「吾は初めて聞いた。兄者は物知りだ」

すごいと憧憬の視線を向けられ、悪い気はしない。サクラ自身、弟に頼りがいのある兄と思われていたいという気持ちが少なからずある。

が、無論それだけではない。

自分にとってウメがどれだけ大きな存在か、伝えたかった。ウメがいたから頑張ってこられた。もし双子ではなく自分ひとりだったらと、想像しただけで背筋が寒くなるほどだ。だからこそウメが幸せそうに笑う様を見るのは、兄としてなにより嬉しい。コンプレックスの塊だったウメが、いまは肩の力を抜き、琳の前でならばあれほど嫌っていた本来の姿になることを厭《いと》わない。

正直なところ、それだけで琳には感謝しているのだ。

「ありがとう」

ぼそりと呟く。

琳はどうやらパジャマへの礼だと勘違いしたらしく、

「ウメのセンスなんで」

照れくさそうに頭を掻いた。

「プレゼントしてくれたのは、琳だ」

すかさずウメが補足する。

「それはだって、ウメとサクラさんに喜んでもらいたいなって下心があったし」

「兄者は喜んでくれた。もちろん、吾も」

「ほんと？　よかった」

顔を見合わせてほほ笑み合うふたりを前にしているうちになぜだかじわりと睫毛《まつげ》が湿ってきたのがわかって、慌てて顔を擦《こす》った。

「あーあー。やってられないな。はいはい、そこのバカップル、プリン食べるよ」

冷蔵庫から出してきたプリンをふたつテーブルに置く。もうひとつはそのまま蓋を開け、スプーンですくって口に運んだ。

ふわり、とろりと舌の上で蕩けたプリンを心ゆくまで味わう。

なんて甘い。それは喉《のど》を伝わって胸まで下りた途端、あたたかな泉となり、身体じゅうを満たしていった。

そうか。これが幸せというものか。

どうやらウメのみならず、自分まで幸せになっていたらしい。
その事実はサクラにとって、喜ばしい誤算だった。

あとがき

こんにちは。高岡です。おかげさまで、今年の一冊目はニライカナイシリーズでお目見えできる運びとなりました。

本当に本当に嬉しいです！

池端家の物語は前作で区切りがついたので、今作はスピンオフになります。五部衆のうちの誰か、と一度は考えたのですが、やはりここは当初からいろいろ考えていたキャラにしようと決め、双子の片割れのお話になりました。

タイトルにありますとおり走狗——閻羅王の使い狗です。前作発売の際に書店特典を入手してくださった方は、もしかしたら走狗というワードで「あの彼か」と思われたかもしれません。

後ろ向きな性格に反して、いざというときは先頭に立って向かっていく。そんなキャラが好きです。もちろん見るからに意地っ張りというのも好物なのですが、ギャップもたまりません。

それが小さくて、ころっとしているならなおさらです。

じつはこのあとがきを書いているいままさに笠井先生のカバーイラストを拝見したばかりなのですが、もう……本来の姿も人形も可愛くて。そして、攻は攻で、想像以上の美青年ぶりです。

笠井あゆみ先生、お忙しいなか本当にありがとうございます。またご一緒できましてとても嬉しいです！

担当さんも、いろいろとありがとうございました。よぼよぼしていてすみません。

もちろん前作をお迎えくださった方、シリーズコンプリートしてくださっている方には感謝しかありません。この「走狗の初戀」が書けましたのは、前作までをお迎えくださった皆様のおかげです。

ちょっぴりホラー要素ありで、シリアスのようなコメディのようなニライカナイシリーズ。今作は大学生と閻羅王の使い狗がどうやって出会い、どんなふうにカップルになっていくのか、笠井先生の素晴らしいイラストとともに少しでも愉しんでいただけると嬉しいです。

世の中はまだまだ落ち着きそうにありません。せめて物語はハッピーエンドで、ほんわかしていただきたいという気持ちを込めましたので、お手にとっていただけますことを心から願っています。

今年はよい年になるといいですね。

ではでは、またどこかでお会いできますように。

高岡ミズミ

✦初出　ニライカナイ ～走狗の初戀～……………書き下ろし
あまい日々は、つづく…………………書き下ろし

高岡ミズミ先生、笠井あゆみ先生へのお便り、本作品に関するご意見、ご感想などは
〒151-0051 東京都渋谷区千駄ヶ谷 4-9-7
幻冬舎コミックス　ルチル文庫「ニライカナイ ～走狗の初戀～」係まで。

幻冬舎ルチル文庫

ニライカナイ ～走狗の初戀～

2022年3月20日　第1刷発行

✦著者　高岡ミズミ　たかおか みずみ

✦発行人　石原正康

✦発行元　株式会社 幻冬舎コミックス
〒151-0051 東京都渋谷区千駄ヶ谷 4-9-7
電話 03(5411)6431[編集]

✦発売元　株式会社 幻冬舎
〒151-0051 東京都渋谷区千駄ヶ谷 4-9-7
電話 03(5411)6222[営業]
振替 00120-8-767643

✦印刷・製本所　中央精版印刷株式会社

✦検印廃止

ISBN978-4-344-85024-8　C0193　Printed in Japan

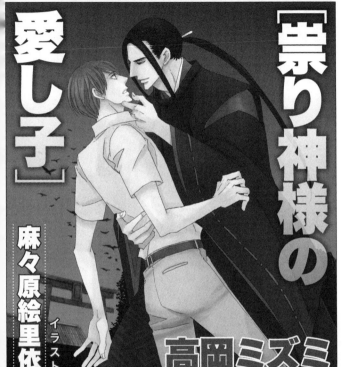